Introduction

Ludwig Wittgenstein naquit à Vienne en 1889. En 1908, il s'installa en Grande-Bretagne et entra à l'université de Manchester pour devenir ingénieur en aéronautique [1]. Son intérêt de plus en plus grand pour les fondements des mathématiques et de la logique le conduisit à rejoindre Cambridge en 1911, afin de travailler avec Bertrand Russell. C'est là qu'il commença ce qui allait devenir son premier chef-d'œuvre. Lorsque la guerre éclata, il retourna en Autriche pour s'enrôler dans l'armée. Tout en participant aux âpres combats qui eurent lieu sur les fronts russes et italiens, il parvint à terminer son livre en 1918. C'est ainsi que le *Tractatus logico-philosophicus* fut publié en 1921. Il traitait principalement de la nature de la représentation en général, des limites de la pensée et du langage, de la nécessité logique et des propositions logiques. Son apport majeur consiste à avoir montré que les vérités de la logique ne sont pas les lois les plus générales de la pensée (comme on le croyait alors) et qu'elles ne sont pas non plus les vérités les plus générales de l'univers (comme le soutenait Russell). Ce sont des tautologies qui sont vraies parce qu'elles ne disent rien, mais représentent des formes de preuve. Ce livre fut à l'origine du Cercle de Vienne et du mouvement que l'on appelle le « positivisme logique », qui fleurit entre les deux guerres. Il influença aussi beaucoup l'école analytique de Cambridge dans les années 1920 et 1930. C'est le *Tractatus* qui orienta la philosophie analytique du XXᵉ siècle vers le langage et qui dirigea le questionnement et la méthode philosophique vers l'étude de la logique du langage et de son usage.

Après avoir achevé le *Tractatus*, Wittgenstein abandonna pendant dix ans la philosophie. En 1929, il revint cependant à Cambridge et se remit au travail. Il passa d'abord quelques années à défaire la philosophie du *Tractatus*, dans laquelle il voyait désormais de graves erreurs, et à la remplacer par un point de vue diamétralement opposé. Pendant les seize ans qui suivirent, il travailla sur ce qui allait devenir son deuxième chef-d'œuvre, les *Investigations philosophiques,* publiées après sa mort en 1953. C'est dans cet ouvrage qu'il présenta une conception révolutionnaire de la philosophie, une approche entièrement nouvelle de la philosophie du langage et une philosophie de l'esprit très originale. En outre, il travailla beaucoup sur la philosophie des mathématiques, pour un résultat tout aussi radical que celui qu'il obtint dans les autres parties de la philosophie sur lesquelles

Wittgenstein

P. M. S. Hacker

Wittgenstein

Sur la nature humaine

TRADUIT DE L'ANGLAIS
PAR JEAN-LUC FIDEL

Éditions du Seuil

À Adam

Titre original : *Wittgenstein*
Éditeur original : Phœnix, a division of The Orion Publishing Group Ltd, London,
1997
ISBN original : 0 753 80193 0
© original : P. M. S. Hacker, 1997

ISBN 2-02-037456-0

© Éditions du Seuil, pour la traduction française, octobre 2000

www.seuil.com

il écrivit. Wittgenstein ne publia guère. Toutefois, par son enseignement et à travers ses élèves, il exerça une influence importante sur le développement de la philosophie analytique britannique d'après-guerre. Après sa mort, en 1951, l'afflux de livres posthumes portant son nom permit à sa pensée de dominer la philosophie de langue anglaise pendant le quart de siècle suivant.

La psychologie philosophique de Wittgenstein remettait en cause les traditions cartésienne, empiriste et behavioriste. À la place de la *res cogitans* cartésienne – substance spirituelle qui sert de substrat aux propriétés psychologiques –, Wittgenstein mettait l'être humain – non pas *anima* incarnée, mais unité psychophysique, créature vivante prise dans le flux de la vie. Car ce sont les êtres humains, et non les esprits, qui perçoivent et pensent, qui éprouvent des désirs et agissent, qui ressentent de la joie et de la peine. Selon la conception cartésienne et empiriste, la vie mentale est constituée par un ensemble d'expériences subjectives intérieures qui ne sont liées au comportement corporel que de façon contingente ; selon Wittgenstein, au contraire, la vie mentale *se manifeste par excellence* dans les comportements humains, lesquels *expriment* « le dedans ». Pour les cartésiens et les empiristes, le dedans est « privé » et il ne peut être vraiment connu que du sujet qui s'introspecte ; selon Wittgenstein, au contraire, l'introspection est tout au plus une faculté de « sens interne » ou encore une source de connaissance de l'expérience privée. D'un autre côté, il pensait aussi qu'autrui peut souvent connaître parfaitement bien ce qui est « privé » pour quelqu'un. Alors que les cartésiens et les behavioristes représentaient le comportement comme un simple mouvement du corps, Wittgenstein soulignait que le comportement humain est plein de sens, de pensée, de passion et de volonté et qu'il est vécu comme tel.

Ainsi, la conception clé de la nature de l'être humain qui a dominé la tradition philosophique se trouvait-elle démembrée. Pas de façon fantaisiste, mais par la pression de questions philosophiques concernant l'essence du moi, la nature de l'esprit, la possibilité de se connaître soi-même, la relation entre l'esprit et le corps, ainsi que la possibilité de connaître d'autres esprits. C'est en s'efforçant de répondre à ces questions, qui semblaient *imposer* certaines formes de réponse, que les cartésiens et les empiristes ont subtilement et subrepticement déformé notre conception de la personne, de l'être humain, de l'esprit, de la pensée, du corps, du comportement, de l'action et de la volonté. Ces problèmes doivent donc être résolus ou *dissous* pour que nous puissions espérer atteindre un jour un point de vue correct sur l'homme et nous voir tels que nous sommes vraiment.

Dans ce livre, je voudrais exposer certaines des réflexions de Wittgenstein sur ces grands thèmes. Pour ce faire, il est utile de présenter la toile de fond

que constitue sa conception radicale de la philosophie ; le décor fera ainsi mieux ressortir ce qui
occupe le devant de la scène.

La philosophie selon Wittgenstein

Tout au long de son histoire, la philosophie a toujours été considérée comme une partie de la quête plus générale de la vérité. Les sciences physiques ont pour but de connaître les lois de la nature ; les sciences mathématiques *a priori* sont censées nous faire connaître les lois de l'espace et du nombre. Depuis que la philosophie a pour but la connaissance, elle aussi a son objet propre. À cet égard, les conceptions ont divergé. Selon les platoniciens, la philosophie est la recherche d'objets abstraits – les idées ou les formes platoniciennes – correspondant à la nature essentielle des choses. Pour Aristote, la philosophie ne se distinguait des sciences que par la généralité de son objet. Son rôle était de rechercher les principes fondamentaux de chaque science et du raisonnement en général. Selon les cartésiens, la philosophie était quête de fondement. Son but était d'asseoir les fondations de toute la connaissance sur des bases sûres et indubitables. Les empiristes britanniques, à l'opposé, voyaient dans la philosophie la recherche des origines de nos idées, des limites et de la nature de la connaissance humaine. Depuis la révolution kantienne, la tâche de la philosophie consiste à découvrir les conditions nécessaires de la *possibilité* de la connaissance dans n'importe quel domaine ; elle doit permettre de formuler un ensemble de propositions qui sont à la fois des vérités nécessaires qui portent sur l'expérience, mais sont connues indépendamment d'elle. Dans toute cette longue tradition, on trouve l'idée que la philosophie est une discipline cognitive : elle vise la vérité et elle doit s'efforcer d'accroître les connaissances humaines.

Malgré deux millénaires et demi d'effort, il n'existe pas de connaissances philosophiques sur lesquelles on s'accorderait. Il n'existe pas de lois ni de théories philosophiques sur le modèle des sciences empiriques, non plus que de théorèmes philosophiques sur le modèle des théorèmes *a priori* des mathématiques. Il est tentant d'expliquer ce phénomène par la difficulté inhérente au sujet traité et de soutenir que la philosophie est sur le point de produire les résultats tant attendus. Mais de telles promesses sonnent creux, car, les uns après les autres, les philosophes en ont fait de semblables au cours des siècles. L'échec de la philosophie à établir un corpus de connaissances arrêtées exige d'être expliqué de façon plus poussée.

Il n'était pas dans le style de Wittgenstein de

prendre parti dans les débats philosophiques préexistants, après avoir pesé le pour et le contre de chaque thèse pour finir par se rallier à celle qui lui semblait la plus convaincante. Au lieu de cela, il s'efforçait de déceler les points d'accord entre les parties opposées, leurs communes présuppositions et de s'y attaquer. « On oublie toujours d'aller au fondement, écrivait-il. On ne pose pas de questions assez *profondément* » (CV62). Dans le débat sur la nature de la philosophie, il s'interroge sur le présupposé qui veut que la philosophie soit une discipline cognitive dans laquelle on découvre des connaissances nouvelles, on édifie des théories, et dans laquelle le progrès soit marqué par le développement de la connaissance et de théories confirmées. Ainsi écrit-il avec ironie :

> « On ne cesse d'entendre répéter que la philosophie ne fait pas réellement de progrès, et que les problèmes philosophiques auxquels les Grecs avaient déjà affaire nous occupent encore aujourd'hui. Mais ceux qui disent cela ne comprennent pas la raison pour laquelle il doit en être ainsi. C'est que notre langage est resté le même, et qu'il nous fourvoie toujours vers les mêmes questions. Aussi longtemps qu'il y aura un verbe "être" fonctionnant apparemment comme "manger" et "boire", aussi longtemps que nous aurons des adjectifs comme "identique","vrai", "faux", "possible", aussi longtemps que nous parlerons du flux du temps et de l'extension de l'espace, etc., les hommes continueront de se heurter aux mêmes difficultés

énigmatiques, en fixant de leur regard quelque chose qu'aucune explication ne semble à même d'évacuer. [...]
Je lis : "Les philosophes ne sont pas plus près de la signification de "réalité" que ne l'était Platon [...]. Quelle étrange situation ! Comme il est singulier que Platon ait pu aller si loin ! Ou que nous n'ayons pu aller plus loin. Est-ce parce que Platon était si malin ?" » (BT 185-186 [33-34].)

Les problèmes philosophiques viennent principalement de malentendus liés à notre langage, car notre langage présente d'une manière semblable des concepts très différents. Le verbe « exister » ne semble pas différent d'autres verbes comme « manger » ou « boire », mais alors qu'il y a un sens à demander combien de personnes à la cantine mangent de la viande ou boivent du vin, demander combien de personnes existent à la cantine n'en a aucun. Être rouge est une propriété que possèdent certaines choses et dont d'autres choses sont dépourvues. L'existence est-elle une propriété que possèdent certaines choses et qui fait défaut à d'autres ? Les choses peuvent venir à l'existence et puis cesser d'être. Cela signifie-t-il qu'elles acquièrent une propriété dont elles étaient dépourvues au début et puis qu'elles la perdent ? Explorer la nature de différentes choses qui existent a un sens, mais explorer la nature de l'existence ou de l'« être », par opposition à la non-existence ou au « néant » (comme le faisait Heidegger), n'en a guère. En philosophie, nous sommes en permanence trompés par des équivoques grammaticales qui masquent des différences logiques profondes. Nous nous posons donc des questions qui se comprennent lorsqu'on les pose à propos de certaines choses, mais qui n'ont pas de sens, ou bien un sens très différent, si on les pose à propos de choses qui appartiennent à une catégorie différente. Les questions philosophiques ne sont pas tant en quête de réponses que de sens. « La philosophie est une lutte contre la manière dont le langage ensorcelle notre intelligence » (PI § 109).

La philosophie est catégoriquement différente de la science. Cette dernière bâtit des théories, ce qui nous permet de prédire et d'expliquer les événements. Ces théories peuvent être testées par l'expérience, et elles ne font qu'approcher de la vérité. Si on comprend ainsi le terme « théorie », il ne peut y en avoir en philosophie. Le but de la philosophie est de résoudre ou de dissoudre les problèmes philosophiques en mettant au clair ce qui fait sens. Mais tout sens précède l'expérience et est présupposé dans des jugements vrais ou faux. Il ne peut rien y avoir d'hypothétique en philosophie, car on ne peut faire l'*hypothèse* qu'une proposition que l'on comprend a un sens. Au sens où les sciences expliquent les phénomènes – c'est-à-dire, par des hypothèses causales et des inférences hypothético-déductives à partir de lois et de conditions initiales –, il ne peut y

avoir d'explications en philosophie. Les seules
formes possibles en philosophie sont des explications
par *description* – à savoir par description de l'usage
des mots. Wittgenstein le fait notamment en décri-
vant des « jeux de langage » : c'est-à-dire les pra-
tiques, les activités, les actions et les réactions
propres aux contextes caractéristiques dont fait partie l'usage canonique d'un mot. Ces descriptions et
ces explicitations associées ne forment pas une philosophie, mais une méthodologie. Selon Wittgenstein,
ce qui différencie la philosophie, c'est le but qu'elle
se propose. Décrire l'utilisation faite des mots constitue une méthode permettant de décomposer les
confusions conceptuelles – confusions qui se produisent notamment en vertu de mauvais usages incons-
cients des mots. Cela sert à résoudre ou à dissoudre
des problèmes philosophiques. Un sens approxima-
tif, tout comme une vérité approximative en science,
est une forme de non-sens. Dans la mesure où les difficultés philosophiques sont le résultat de l'abus
involontaire que nous faisons des concepts dont nous
disposons, elles ne peuvent être résolues en rempla-
çant ces termes par des concepts différents. Cela
consisterait à escamoter les difficultés. La tâche des
philosophes ne consiste pas à résoudre une contradiction ou un paradoxe en faisant preuve d'innova-
tion conceptuelle, mais à clarifier la structure conceptuelle qui nous égare : l'état de choses *avant que* la
contradiction ne soit résolue. Nous sommes pris dans

les règles qui régissent l'emploi de nos expressions ; la tâche de la philosophie est de clarifier ce piège, pas de le masquer. Il ne peut y avoir de découvertes en philosophie, car tout ce qui est pertinent dans un problème philosophique est lié à l'usage canonique des mots. Toute l'information que nous avons besoin de connaître réside dans ce que nous savons de l'emploi des mots que nous utilisons ; de cela, nous devons seulement nous souvenir. « Le travail du philosophe consiste à assembler des souvenirs dans un but donné » (PI § 127) : en particulier, dans le but de résoudre les problèmes philosophiques, conceptuels.

La philosophie prend donc un double aspect. Négativement, c'est une cure contre les maladies de l'intellect. Les problèmes philosophiques sont des symptômes de nœuds conceptuels liés au langage. Il faut donc les dénouer, pour faire disparaître le problème, tout comme guérir une maladie consiste à la faire disparaître et à ramener le patient à la santé. Dans cette mesure,

> « la philosophie revient à révéler de purs et simples non-sens et à faire apparaître les bosses que l'entendement s'est faites en se tapant la tête contre les limites du langage. Ces bosses nous font voir la valeur de cette découverte » (PI § 119).

Cet aspect négatif peut sembler destructeur,

> « puisqu'elle semble détruire tout ce qui est intéressant, c'est-à-dire tout ce qui est grand et important [2].

Wittgenstein

(De ces bâtiments, elle ne laisse que des pierres et des gravats.) Mais ce que nous détruisons, ce ne sont en fait que des châteaux de cartes et nous ne faisons que clarifier les bases linguistiques sur lesquelles ils reposent » (PI § 118).

Plus positivement, la philosophie est la quête d'une représentation synoptique de segments de notre langage qui sont à la source de confusions conceptuelles. Notre grammaire, autrement dit les règles de l'emploi des mots (la syntaxe *et* le lexique), est difficile à saisir au premier regard. Certains segments de langage – des termes psychologiques comme « esprit », « pensée », « expérience », etc. – sont moins aisés à saisir que d'autres, les termes technologiques par exemple. Car la grammaire apparente des expressions – laquelle peut être saisie au premier regard, par exemple les distinctions entre noms, verbes et adjectifs – est souvent trompeuse. Le verbe « signifier » dans des phrases comme « Je lui ai signifié » semble décrire un acte, mais ce n'est pas le cas ; le substantif l'« esprit » semble nommer une substance ou une chose, comme le « cerveau », mais ce n'est pas le cas ; le possessif « avoir » dans la phrase « J'ai mal » semble signifier une possession, comme dans « J'ai de l'argent », mais ce n'est pas le cas. « Le concept d'analyse synoptique a une signification fondamentale pour nous. Il affecte la forme du comprendre que nous donnons, la façon dont nous regardons les choses » (PI § 122). Une représentation synoptique nous donne une carte du terrain conceptuel.

> « Le but est d'obtenir un état synoptique et contrastif de toutes les applications, illustrations et conceptions du calcul. Un état synoptique complet de tout ce qui peut provoquer un manque de clarté. Et cette synopsis doit s'étendre sur un large domaine, car les racines de nos idées ont de lointaines ramifications » (Z § 273 [77]).

Une telle synopsis produit un mode de compréhension qui consiste à voir les connexions conceptuelles que nous survolons en général et qui, survolées, engendrent de la confusion. Une représentation synoptique consiste à réarranger les règles de l'emploi des mots qui sont bien visibles et qui nous sont familières, mais qu'on ne prend pas en compte de façon globale. Un tel réarrangement rend possible de les *examiner* et de clarifier le caractère *logique* des mots qui nous déroutent dans la réflexion philosophique. Du coup, « les problèmes sont résolus, non en donnant des informations nouvelles, mais en arrangeant ce que nous avons toujours su » (PI § 109).

Tout cela peut sembler banaliser un sujet profond et réduire la philosophie à de simples questions de mots. Mais c'est faux. Il n'y a rien de trivial dans le langage. Nous sommes *essentiellement* des créatures de langage. Notre langage et les formes qu'il prend façonnent notre nature, informent notre pensée et influencent notre vie.

> « Les problèmes qui surviennent lorsque nous mésin-
> terprétons les formes de notre langage ont le caractère
> de la *profondeur*. Ce sont des inquiétudes profondes ;
> leurs racines sont aussi profondes que les formes de
> notre langage et leur signification a autant d'impor-
> tance que notre langage » (PI § 111).

Cela peut sembler rendre la philosophie facile – il ne s'agirait plus que de clarifier l'emploi des mots, afin de parvenir à résoudre facilement les problèmes. Voilà qui est faux également :

> « Comment se fait-il que la philosophie soit un édifice
> (une construction) aussi compliqué ? Elle devrait pour-
> tant être parfaitement simple si elle était cette chose
> ultime, indépendante de toute expérience que tu pré-
> tends qu'elle est. – La philosophie défait les nœuds de
> la pensée ; c'est pourquoi son résultat doit être simple,
> mais son activité aussi compliquée que les nœuds
> qu'elle défait.
> Pourquoi les problèmes grammaticaux sont-ils si diffi-
> ciles et apparemment si indéracinables ? Parce qu'ils
> sont liés aux plus anciennes habitudes de pensée,
> c'est-à-dire aux plus anciennes images incrustées dans
> notre langage » (Lichtenberg) (BT 423 [32]).

Nulle part, les images d'hier ne sont plus répan-
dues, prégnantes et trompeuses que dans notre dis-

cours sur la vie mentale. Nous parlons d'idées qui sont *dans* l'esprit, comme si l'esprit était une sorte d'espace ; d'*introspecter* ce qu'est l'esprit, comme si l'introspection était une forme de vision ; d'*avoir* un esprit et un corps, comme si l'esprit et le corps relevaient de formes de possession ; d'avoir des images mentales « dans son œil mental », comme si les images mentales étaient des tableaux non physiques qu'un organe mental de la vue pourrait inspecter ; et ainsi de suite. Cette iconographie verbale ancienne n'est pas *fausse* – nous avons des idées dans l'esprit, les pensées ne sont pas des éclairs qui traversent l'esprit, nous nous engageons souvent dans une réflexion introspective, les personnes ont bel et bien un esprit et sans aucun doute un corps. Mais c'est *une* forme d'iconographie parmi d'autres. Et nous sommes trompés par l'imagerie qui est enkystée dans notre langage, tout comme les gens qui appartiennent aux cultures primitives seraient trompés par l'iconographie littérale de l'Amour ou de la Mort qu'on voit dans l'art occidental. Nous mésinterprétons le sens de ces expressions toutes faites et nous construisons dessus des châteaux de cartes lorsque nous voulons réfléchir à la nature de l'esprit humain. Il n'est guère facile de déloger ces images évocatrices mais trompeuses.

« L'enseignement de la philosophie se heurte à une difficulté aussi considérable que celle qui caractériserait l'enseignement de la géographie si l'élève traînait avec lui quantité de fausses représentations beaucoup trop simples (et faussement simplifiées) sur le cours des fleuves, les bassins fluviaux (rivières) et les chaînes montagneuses (montagnes).

Les hommes sont profondément empêtrés dans les confusions philosophiques, c'est-à-dire grammaticales. Qu'on les en délivre, cela présuppose qu'on les arrache aux liens extrêmement variés qui les tiennent captifs. Il faut pour ainsi dire regrouper leur langage tout entier […].

À tous, le langage réserve les mêmes pièges ; le terrible réseau des faux chemins bien entretenus (praticables). Aussi voyons-nous chacun emprunter tour à tour les mêmes voies, et nous savons d'avance à quel endroit il tournera, à quel autre il continuera tout droit sans remarquer la bifurcation, etc. Partout où de faux chemins bifurquent, il me faudrait dresser des panneaux qui indiquent les endroits dangereux » (BT 423 [33]).

La conception radicale qu'avait Wittgenstein de la philosophie se voit en particulier dans la façon dont il traite les grandes questions liées à la philosophie de l'esprit – questions qui portent sur la nature de la vie mentale, sur « le dedans » et « le dehors », sur notre connaissance de nous-mêmes et des autres. Elle est justifiée dans la mesure où elle éclaire ce qui nous laisse perplexes et ainsi dissout ou résout nos problèmes.

L'esprit, le corps et le comportement : la puissance d'une illusion philosophique

Depuis longtemps, on pense qu'un être humain est une créature composite faite de corps et d'âme (ou d'esprit). C'est lié à notre crainte de la mort, à notre désir de vivre une vie plus heureuse dans l'au-delà, à notre peine lorsque meurent des êtres chers et à notre souhait de nous trouver réunis avec eux. C'est aussi associé à des phénomènes courants qui nous étonnent, comme le rêve, au cours duquel il nous semble que nous habitons un monde différent, sans plus de lien avec notre corps endormi, et dans lequel il nous arrive d'entrer en relation avec des morts. C'est en relation avec des phénomènes plus sophistiqués, comme les expériences visionnaires et les transes. Cette conception est donc profondément enracinée dans la grammaire de notre langage.

Sous différentes formes, elle s'est trouvée articulée à la pensée religieuse et philosophique de l'Antiquité et du Moyen Âge. Et c'est Descartes qui lui a donné l'expression philosophique la plus puissante. Selon lui, en effet, un être humain se composerait de deux substances distinctes, l'esprit et le corps. Le moi d'une personne, qui constituerait l'essence même de son identité et auquel elle se référerait quand elle utilise le pronom personnel « Je », serait son esprit ou son âme, la *res cogitans*. L'essence de l'esprit serait la pensée, l'essence du corps l'étendue. Une personne serait donc une âme incarnée. Le corps pourrait être détruit, mais pas l'esprit ou l'âme. L'interaction entre les deux serait de type causal et serait médiatisée par la glande pinéale, située dans le cerveau. Dans la perception, les stimulations des terminaisons nerveuses du corps affecteraient l'esprit, lui donnant des idées de ce qui l'entoure. Dans le vouloir, la volonté ferait se mouvoir les membres du corps. Ce qui se passe dans l'esprit de quelqu'un lui serait immédiatement accessible par la conscience – on est toujours conscient de ce qu'on pense, de ce qu'on sent, de ce qu'on veut, et on le sait de façon certaine. L'esprit des autres ne pourrait être connu que de façon indirecte, par inférence à partir de ce qu'ils font et disent.

Le dualisme cartésien a donné le ton pour les philosophes des trois siècles suivants. Et ceux-ci n'ont pas manqué de s'y opposer par bien des aspects. On a en particulier estimé que l'idée de substance spirituelle immatérielle ne convenait pas. Si l'esprit est immatériel et non spatial, qu'est-ce qui différencie deux ou dix esprits qui font les mêmes expériences ? En d'autres termes, quel est le principe d'indivi- duation pour les substances immatérielles ? Même si les expériences renvoient nécessairement à une substance (puisqu'elles doivent être expériences *de quelque chose*), la permanence de la même sub- stance, comme le soutenait Locke, ne semble pas pertinente pour expliquer l'identité d'une personne à travers le temps, car cela demande seulement de la continuité psychologique et mémorielle. Surtout, sur quelles bases empiriques fondons-nous l'hypothèse selon laquelle être n'importe quelle *substance*-âme constitue le *moi* ? Comme le notait Hume, « quand je pénètre le plus intimement dans ce que j'appelle *moi*, je bute toujours sur une perception particulière ou sur une autre, de chaud ou de froid, de lumière ou d'ombre, d'amour ou de haine, de douleur ou de plai- sir. Je ne peux me saisir, moi, en aucun moment sans une perception et je ne peux rien observer que la perception »[3]. Le moi ou *ego*, chose immatérielle à laquelle se référait selon Descartes le « Je », n'est pas en lui-même un objet d'expérience. N'est-ce pas une pure fiction ? Descartes n'a-t-il pas confondu l'unité d'une expérience subjective avec l'expérience d'une unité – celle d'une substance spirituelle ou d'un *ego*, comme disait Kant ? Comment une substance imma- térielle et non spatiale peut-elle interagir de façon causale avec un corps physique situé dans l'espace ? N'est-il pas absurde de supposer que tous les jugements portant sur l'action humaine volontaire, promettre quelque chose, payer une facture, parler ou écrire, puissent s'analyser comme des descriptions d'actes mentaux volitifs avec les mouvements subséquents du corps ?

Le mythe cartésien, comme tous les grands mythes, est insidieux. Il peut prendre de nombreuses apparences. Même ceux qui pensent s'être libérés du cartésianisme perpétuent certains aspects cruciaux de ce conte. On est ainsi frappé de voir que les philosophes, psychologues et neurophysiologistes contemporains, qui disent rejeter le dualisme esprit/corps, admettent en fait la structure conceptuelle fondamentale véhiculée par l'image-tableau cartésienne. Ils rejettent l'idée de substance immatérielle, mais ils ont tendance à *identifier* l'esprit au cerveau (ils parlent même parfois de « cerveau-esprit ») ou le mental avec le neuronal – suggérant que les états mentaux *ne seraient que* des états du cerveau. À l'inverse, on dit que l'esprit tient lieu pour le cerveau de ce que le logiciel *(software)* d'un ordinateur est par rapport au matériel *(hardware)* – le cerveau serait ainsi un ordinateur biologique et l'homme une machine. On peut très bien considérer qu'il existe des interactions causales entre le cerveau et le corps ; les difficultés rencontrées à cet égard par Descartes se résolvent assez facilement. Le cerveau est dès lors conçu comme un procédé pour traiter les informations. Les nerfs afférents venus des organes des sens transmettent l'information au cerveau, lequel les traite pour produire la perception. Dans cette perspective, percevoir quelque chose est identique à un état du cerveau produit par l'arrivée d'informations. Vouloir et croire quelque chose sont identiques aux états du cerveau qui sont les causes des mouvements du corps que nous accomplissons lorsque nous agissons volontairement. La conscience serait donc un mécanisme de scannage du cerveau par lui-même. Et la connaissance que nous sommes censés avoir de notre expérience ordinaire s'expliquerait par la référence à la conscience ainsi conçue. En résumé, le dualisme esprit/corps est remplacé par le dualisme cerveau/corps, la substance immatérielle par la matière grise. Dès lors, une bonne partie de la structure d'ensemble de l'image-tableau cartésienne reste intacte.

Wittgenstein se souciait fort peu des détails des systèmes philosophiques de ses prédécesseurs. Il était davantage préoccupé de découvrir les racines de l'erreur philosophique, en particulier ses racines *grammaticales* – et, par « grammaire », il ne voulait pas dire simplement syntaxe, mais *toutes* les règles de l'usage des mots, dont celles qui établissent leur sens. Je voudrais donc donner tout d'abord une image-tableau synthétique de la conception philosophique des êtres humains dans laquelle il voyait une illusion. Au premier abord, elle semble naturelle et tentante. Mais méfions-nous – ce qui est le plus naturel en philosophie, c'est de se tromper. Et

« ce que nous "sommes tentés de dire" dans ce cas ne
relève bien sûr pas de la philosophie – mais c'est sa
matière première. Ainsi, par exemple, ce qu'un mathé-
maticien est porté à dire de l'objectivité et de la réalité
des faits mathématiques ne constitue pas une philosophie des mathématiques, mais quelque chose qui
appelle un *traitement* philosophique » (PI § 254).

Nous parlons du « monde extérieur » des objets
physiques, des états, des événements et des processus
qui ont lieu dans l'espace. Mais, comme le disait
Frege, « même le non-philosophe est bientôt contraint
de reconnaître un monde intérieur différent du monde
extérieur, un monde des impressions sensibles, des
créations de son imagination, des sensations, des
émotions, des sentiments et des états d'âme, un
monde des inclinations, des désirs et des volitions » [4].
Le monde physique est public, accessible à tous par
le biais de la perception. Le monde mental est au
contraire celui de l'expérience subjective. Lui aussi
consiste en objets (souffrances, images mentales,
impressions sensibles), états (de joie ou de peine),
événements (survenue d'une pensée, d'une douleur,
d'un souvenir soudain) et processus (penser, calculer)
– bien que ceux-ci soient mentaux et mystérieux,
étrangement éthérés, intangibles. Avoir une expérience, par exemple celle de la douleur, c'est entrer
en relation avec cet objet mental. La proposition « A
a de l'argent » décrit une situation du monde phy-

sique, alors que la proposition « A a mal » décrit une situation du monde intérieur. On peut *avoir* de l'argent, on peut aussi *avoir* une idée – posséder une pièce de monnaie ou posséder une pensée. Les objets du monde physique peuvent être possédés ou non ; les objets du monde intérieur doivent l'être par un sujet. « Il nous semblerait incongru qu'une douleur, un état d'âme, un désir vagabondent dans le monde indépendamment d'un porteur. Une sensation n'est pas possible sans quelqu'un qui la ressente. Le monde intérieur suppose un individu dont il soit le monde intérieur[5]. » Surtout, les items du monde intérieur sont *privés par essence* : « Aucun autre n'a ma douleur. Quelqu'un peut compatir avec moi ; il demeure cependant que ma douleur m'appartient et que sa compassion lui appartient. Il n'a pas ma douleur et je n'ai pas sa compassion[6]. » Je ne peux avoir la même douleur que vous ; je ne peux qu'en avoir une semblable. Les expériences relèvent de la « propriété privée » inaliénable.

Quand le détenteur d'un champ intérieur a une expérience, il ne peut en douter. Je ne peux avoir une douleur et douter si je l'ai ; je ne peux penser que j'ai une douleur et me tromper. Je *sais de façon indubitable* que je l'ai – et si quelqu'un voulait me mettre à l'épreuve, je répondrais : « Je sais bien si je souffre ou pas. » Bref, « ainsi trouve-t-on […] la certitude dans le monde intérieur, tandis que le doute ne nous quitte jamais totalement lors de nos excursions dans le monde extérieur » [7]. Ce que la perception est pour le monde extérieur, l'introspection, la conscience ou la connaissance immédiate le sont pour le monde intérieur. Ce que le sujet observe par introspection, il le rapporte aux autres en ces termes : « J'ai mal », « Je veux ceci ou cela », « J'ai l'intention de faire ceci ou cela ». Et ces phrases *décrivent* ce qui se passe en lui. Ces descriptions de l'expérience subjective et privée sont données indépendamment du comportement – je ne vérifie pas que je gémis avant de dire que j'ai mal, je n'attends pas de voir ce que je dis avant de savoir ce que je pense. Le « dedans » – la subjectivité – est indépendant du point de vue épistémologique du « dehors » – du comportement corporel.

Il est clair qu'on ne peut connaître le monde intérieur d'autrui comme on connaît le sien. On ne peut introspecter que son propre esprit. À la place, on observe le comportement d'autrui et on en déduit les expériences qui sont la cause de son comportement. Les états mentaux des autres restent *cachés*, inaccessibles à l'observation directe de l'extérieur. Mais si autrui nous dit ce qui se passe en lui, ce qui est communiqué ainsi, ce ne sont que des mots, et, à l'évidence, ils peuvent être mensongers. Quelle que soit la façon dont autrui se comporte, cela peut toujours être de la dissimulation. Le comportement d'autrui est l'enveloppe extérieure derrière laquelle se tient l'expérience privée. Le corps qui porte ces comportements n'est qu'un organe physique, soumis aux lois causales qui gouvernent tous les corps physiques. Le comportement consiste simplement en mouvements physiques et en émissions de sons. Puisqu'une personne peut avoir une expérience ou être dans un état mental donné sans le montrer, et puisqu'on peut toujours faire semblant, le lien entre comportement et vie mentale n'est pas logique. Donc, l'inférence des états mentaux ou des expériences d'autrui (par exemple sa douleur) à partir de son comportement (ses pleurs lorsqu'il se blesse) ne peut être logique. Mais elle ne peut être inductive non plus, puisqu'une connexion inductive présuppose une identification non inductive, et que je ne peux identifier directement les expériences d'autrui et avoir une expérience immédiate d'elles. L'inférence a donc lieu par analogie avec mon propre cas : quand je suis blessé, je souffre et je crie ; j'observe les autres quand ils se blessent et crient ; j'en déduis qu'ils ressentent de la douleur. D'un autre côté, une inférence hypothétique quant à la meilleure explication possible peut aussi intervenir : elle part de l'observation de certains effets pour conclure à l'existence d'entités non perceptibles dont on postule qu'elles jouent le rôle de cause, selon le modèle des inférences scientifiques sur les entités inobservables. La meilleure explication du comportement d'autrui est qu'il est causé par des expériences cachées et inobservables. On ne peut donc avoir une *connaissance* authentique de la vie intérieure d'autrui, comme on en a une de la sienne propre. On peut dans le meilleur des cas *conjecturer* ou *croire* qu'il se passe ceci ou cela.

Cette image-tableau de la nature humaine est très répandue. Elle est pourtant à tous égards trompeuse, selon Wittgenstein, même si elle contient des parcelles de vérité, comme « vues à travers un verre dépoli ». Elle est fondée sur notre langage, mais elle le distord et le représente de façon inadéquate. Les critiques de Wittgenstein démolissent l'image-tableau cartésienne aussi efficacement qu'elles remettent en cause le dualisme contemporain cerveau/corps.

L'expérience privée

Il est très tentant de penser que les expériences sont privées et inaliénables. « Si quelqu'un nous a mis en colère parce qu'il est sorti un jour où il faisait froid alors qu'il a un rhume de cerveau, nous disons parfois : "Ce n'est pas moi qui sentirai ton rhume." Et cela peut vouloir dire : "Ce n'est pas moi qui souffre quand tu attrapes un rhume." C'est une pro-position que l'expérience enseigne » (BB54 [107]). Mais « on dit : "Je ne *peux* pas sentir ton mal de dents" ; ce que l'on entend par là, est-ce seulement que jusqu'à maintenant on n'a jamais en fait senti le mal de dents d'autrui ? Ou bien plutôt que c'est logi-quement impossible » (PR90 [88]). Mais il y a ici une confusion :

> « Car nous pouvons imaginer pour ainsi dire une trans-mission radio entre les deux corps, qui ferait que l'un aurait une douleur dans sa tête quand l'autre aurait exposé la sienne au froid. Dans ce cas, quelqu'un

pourrait soutenir que les douleurs sont miennes parce
que c'est dans ma tête qu'elles sont ressenties ; mais
supposez que moi et quelqu'un d'autre ayons en com-
mun une partie de nos corps, disons une main. Imaginez que les nerfs et les tendons de mon bras et de celui
de A soient connectés à cette main par une opération.
Imaginez à présent que cette main se fasse piquer par
une guêpe. Nous crions tous les deux, contorsionnons
nos visages, donnons la même description de la douleur, etc. Maintenant, allons-nous dire que nous avons
la même douleur, ou des douleurs différentes ? Si, dans
un cas de ce genre, vous dites : "Nous avons mal au
même endroit, dans le même corps, nos descriptions
concordent, et pourtant ma douleur ne peut être la
sienne", je suppose que vous seriez enclins à dire, pour
vous justifier : "Parce que ma douleur est ma douleur
et que sa douleur est sa douleur." Et ici, vous faites un
énoncé grammatical concernant l'utilisation d'une
locution comme "la même douleur". Vous dites que
vous ne souhaitez pas appliquer la locution "il a ma
douleur" ou "nous avons tous deux la même douleur"
et qu'à la place vous appliquerez peut-être une locution comme "sa douleur est exactement la mienne" »
(BB 54 [107-108]).

Cette confusion intervient à trois titres. Premièrement,

« si le mot "mal de dents" a la même signification dans
"J'ai mal aux dents" et "Il a mal aux dents", qu'est-ce
que cela signifie alors de dire qu'il ne peut pas avoir le
même mal de dents que moi ? Comment les maux de

dents peuvent-ils donc se différencier l'un de l'autre ?
Par leur intensité et des caractéristiques semblables,
par leur localisation. Mais si celles-ci, dans les deux
cas, sont les mêmes ? Et si l'on objecte que la différence réside justement en ceci que dans un cas c'est
moi qui l'ai, et lui dans l'autre cas, c'est alors la personne qui le possède qui est une caractéristique du mal
de dents même » (PR 90 [88-89]).

Mais le « possesseur » d'une douleur n'est pas
une propriété de la douleur. *Avoir une douleur* est
plutôt une propriété de la personne souffrante. Deux
substances différentes peuvent être distinguées par
les propriétés différentes qu'elles ont, mais la douleur
que j'éprouve ne se distingue pas de la douleur que
vous éprouvez par le fait qu'elle m'appartient à moi
plutôt qu'à vous. Ce serait comme dire que deux livres
ne peuvent avoir la même couleur, puisque *cette* couleur rouge-*là* appartient à *ce* livre-*là* et *cette* couleur
rouge-*ci* à *ce* livre-*ci*.

Deuxièmement, cela revient à dire que deux personnes ne peuvent avoir quantitativement la même
douleur, mais seulement une douleur qualitativement
identique. « Songez à ce qui permet de dire dans le
cas d'objets physiques qu'ils "sont exactement les
mêmes", que, par exemple, "Cette chaise n'est pas
celle que vous avez vue ici hier, mais que c'est exactement la même" » (PI § 253). La distinction entre
identité quantitative et identité qualitative s'applique
aux objets physiques, aux individus dans l'espace,

mais pas aux *qualités* – ou aux douleurs. Si deux personnes ont très mal à l'œil gauche, alors elles ont la même douleur – ni qualitativement ni quantitativement la même, simplement la même –, et il se pourrait qu'elles souffrent de la même maladie.

Troisièmement, avoir une douleur, ce n'est pas posséder quelque chose. On peut en effet objecter que :

> « pourrait dire que les états ou les expériences sont *redevables* de leur identité, en tant que particuliers, à l'identité de la personne dont ils sont les états ou les expériences. Il en résulte immédiatement que si on peut les identifier en tant qu'expériences ou états particuliers, ils doivent être possédés ou attribuables précisément de la manière que rejette la théorie de la non-propriété ; c'est-à-dire de telle manière qu'il soit logiquement impossible qu'une expérience ou un état particulier qui est en fait possédé par quelqu'un ait pu être possédé par quelqu'un d'autre. Ce sont les implications de l'identité qui éliminent la transférabilité logique de la possession [8]. »

À cette objection, Wittgenstein répond : « "Une autre personne ne peut avoir mes douleurs." – *Mes* douleurs, qu'est-ce ? Qu'est-ce qui joue ici comme critère d'identité ? » (PI § 253.) En d'autres termes, l'expression « mes douleurs » ne précise pas *de quelles* douleurs il s'agit ; elle ne permet *pas* du tout de les identifier. Elle précise simplement des douleurs *de qui* je parle. Ce sont l'intensité, les caractéristiques phénoménales et l'emplacement (une douleur sourde et lancinante à la tempe gauche) qui fournissent les critères identifiant de la douleur – c'est-à-dire les critères permettant de déterminer *de quelle* douleur nous parlons. Mais la question « Quelle douleur ? » se distingue de la question « La douleur de qui ? ». Deux personnes peuvent souvent éprouver la même douleur. Notamment d'un point de vue logique, avoir une douleur n'est pas plus posséder quelque chose qu'avoir un bus à prendre. *Ma* douleur n'est pas la douleur qui m'*appartient* ; c'est simplement la douleur que j'ai – mais dire que j'ai une douleur, ce n'est pas dire *quelle* douleur j'ai. Concevoir les douleurs comme des entités particulières est une erreur. Avoir une douleur (ou une image mentale, ou une idée), ce n'est pas posséder une sorte d'*objet* mental. Bien que nous disions qu'il y a des choses *dans* l'esprit, celui-ci n'est pas une scène intérieure, et ce qui est dans l'esprit, ce n'est pas le protagoniste d'une pièce privée.

Le pronom personnel « Je », nonobstant Descartes, ne se réfère pas à mon esprit. (Si j'ai mal aux dents, cela ne veut pas dire que c'est mon esprit qui a mal aux dents.) Si nous nous égarons en disant des choses comme « J'ai une douleur », c'est entre autres raisons parce que,

[69] « dans les cas où "Je" est utilisé comme sujet, ce n'est pas parce que nous reconnaissons une personne

déterminée par des caractéristiques physiques que nous l'utilisons ; et ceci crée l'illusion que nous utilisons ce mot pour faire référence à quelque chose d'incorporel qui, cependant, a son siège dans notre corps. En fait, il semble que ceci soit l'ego véritable, celui dont il a été dit *"cogito, ergo sum"*. "N'y a-t-il donc pas d'esprit, mais seulement un corps ?" Réponse : le mot "esprit" a un sens, autrement dit, il a une utilisation dans notre [70] langage ; mais dire cela ne dit pas encore quelle sorte d'illusion nous en faisons » (BB 69-70 *sq.* [128]).

« Je » ne se réfère pas plus à une entité immatérielle que « tu », « il » ou « elle ». « Je » ne se réfère pas non plus au corps : « Je pense » ne signifie pas que mon corps est en train de penser. L'esprit n'est-il qu'un aspect du corps ? « Non, répondait Wittgenstein, je ne suis pas à ce point à court de catégories » (RPP II § 690). La constitution, la taille et le poids sont des aspects du corps. Avoir un esprit à soi, c'est être indépendant par la pensée, la décision et l'action. Se faire un avis, c'est décider, et être partagé, c'est ne pas pouvoir décider. Avoir une idée qui vous passe par la tête, c'est penser soudain à quelque chose ; avoir une idée derrière la tête, c'est avoir une intention ; garder quelque chose présent à l'esprit, c'est s'en souvenir ; avoir quelque chose qui vous sort de l'esprit, c'est l'oublier ou ne plus y penser. Et ainsi de suite.

L'intimité épistémique

Nous concevons l'esprit comme un monde intérieur auquel seul pourrait accéder son « possesseur ».
Si seul ce « possesseur » peut *avoir* une expérience
donnée, alors il semble plausible de dire qu'il est
le seul à pouvoir connaître l'expérience qu'il a – car
quelqu'un d'autre ne peut *logiquement* avoir la même
expérience et ne peut « pénétrer dans l'esprit » d'autrui. Mais posséder de façon privée une expérience
est une illusion. L'intimité épistémique aussi est
illusoire, mais beaucoup d'arguments semblent la
justifier, et il nous faut les éliminer les uns après les
autres.

Nous sommes enclins à penser que nous avons un
accès privilégié à notre esprit par le biais de l'introspection. « Le mot introspection n'a guère besoin d'être
défini – il signifie regarder dans son esprit et rappor-
ter ce qu'on a découvert. Tout le monde convient
qu'on y découvre des états de conscience [9]. » Nous
avons à l'évidence une *connaissance immédiate* de

nos états intérieurs, nous sommes *conscients* d'eux. Cette faculté de « sens interne » est la source de notre connaissance de notre intérieur. Cette connaissance semble certaine et indubitable : « Lorsqu'un homme est conscient d'une douleur, il est certain de son existence ; quand il a conscience de douter ou de croire, il est certain de l'existence de ces opérations[10]. » Certains philosophes ont soutenu que l'esprit était *transparent* pour le sujet et que tout est correct dans ce que donne la conscience. Pour Hume,

> « puisque tous les actes et toutes les sensations de l'esprit nous sont connus par la conscience, ils doivent nécessairement nous apparaître en tout point ce qu'ils sont et ils doivent être ce qu'ils paraissent. Tout ce qui entre dans l'esprit étant *en réalité* comme la perception, il est impossible qu'aucune chose puisse paraître différente à notre *sentiment*. Ce serait admettre qu'au moment même où nous sommes le plus intimement conscients, nous pourrions être dans l'erreur[11]. »

D'autres tiennent l'erreur pour possible, mais ils n'en pensent pas moins que le sens interne nous fait connaître le dedans. Pour eux, « l'introspection est difficile et faillible ; mais cette difficulté est tout simplement celle qui se pose à n'importe quelle observation quel que soit son type[12] ».

Ce que nous disons de l'introspection est métaphorique. Je peux voir que quelqu'un d'autre voit quelque chose, mais pas que je vois quelque chose ; je peux entendre ce qu'il écoute, mais ne pas percevoir que j'entends quelque chose. Je ne peux pas plus *regarder dans* mon esprit que dans celui d'autrui. L'introspection existe bien d'une certaine manière, mais ce n'est pas une forme de perception interne. C'est plutôt une forme de réflexion sur soi dans laquelle on s'engage lorsqu'on essaie par exemple de déterminer la nature des sentiments qu'on éprouve (par exemple si on aime quelqu'un) ; c'est « l'appel des souvenirs ; des situations possibles qu'on imagine et des sentiments qu'on éprouverait si… » (PI § 587). Une telle quête spirituelle requiert de l'imagination et du jugement, mais pas un « œil interne », car il n'y a rien à *percevoir* – seulement des états sur lesquels réfléchir.

Quand on a une douleur ou une pensée, quand on voit ou écoute, quand on croit ou se souvient, on peut le *dire*. Mais l'aptitude à le dire ne repose pas sur des objets observés, des états ou des événements dans l'esprit. Il n'y a pas de sens interne, il n'y a pas de conditions d'observation interne qui seraient mauvaises ou optimales (on ne peut pas dire « Plus de lumière ! » ou « Plus fort, s'il vous plaît ! ») ; on ne peut pas non plus s'approcher d'un « objet » mental observé et le regarder à nouveau. On peut observer le cours de sa douleur ou les fluctuations de ses émotions, mais cela consiste à enregistrer ce qu'on ressent, pas à le *percevoir*. On peut être conscient d'une douleur, en avoir une connaissance immédiate, mais il n'y a pas de différence entre avoir une douleur et en être conscient ou en avoir une connaissance immédiate – on ne peut pas dire « Il a très mal, mais heureusement qu'il ne le sait pas » ou encore « Je souffre, mais puisque je n'en suis pas conscient, c'est plutôt agréable en fait ». Être conscient d'une douleur, d'une humeur, d'une pensée, ou en avoir une connaissance immédiate, n'appartient pas à la catégorie des connaissances immédiates *perceptives*. Bien sûr, à la différence d'autres créatures sensitives, nous pouvons dire que nous avons mal quand c'est le cas. Mais on ne doit pas confondre l'aptitude à dire ce qui se passe en nous et l'aptitude à *voir* (avec l'« œil de l'esprit », par introspection) – et donc penser que c'est *la* raison pour laquelle nous pouvons dire ce qui est « en nous ». Être capable de dire qu'on a mal à la tête, qu'on croit ceci ou cela, qu'on a l'intention de faire ceci ou cela, ce n'est pas avoir accès, et même un accès privilégié, à quoi que ce soit de perceptible, car on ne *perçoit* pas son mal de tête, sa croyance ou son intention.

Pourtant, ne *savons*-nous pas ce qui se passe en nous ? Puis-je souffrir et *ne pas* le savoir ? Et quand je sais que je souffre, n'en ai-je pas la *certitude* ? Puis-je souffrir et en même temps *douter* que je souffre et me *demander* si je souffre ? Wittgenstein répondait de façon tranchée et originale : « On ne peut pas du tout dire de moi (sauf peut-être en plaisantant) que je *sais* que je souffre. Qu'est-ce que cela voudrait dire – sinon peut-être que je souffre *vraiment* ? » (PI § 246.)

« "Je sais ce que je veux, souhaite, crois, ressens…"
(et ainsi de suite avec tous les verbes psychologiques)
ou bien c'est un non-sens de philosophe, ou bien, à
tout le moins, ce n'est pas un jugement *a priori*.

"Je sais…" peut signifier "Je ne doute pas…", mais
cela ne veut pas dire que les mots "je doute…" sont
dépourvus de sens, que le doute est logiquement exclu.
On dit "Je sais" quand on peut aussi dire "Je crois" ou
"Je soupçonne"; quand on peut découvrir quelque
chose (PI, p. 221). […]

Je peux savoir ce que quelqu'un d'autre pense, pas
ce que je pense.

Il est correct de dire "Je sais ce que vous pensez", mais
pas "Je sais ce que je pense". »

(Tout un nuage de philosophie condensé en une goutte
de grammaire.) (PI, p. 222.)

La compression est excessive et la goutte de grammaire de Wittgenstein doit s'évaporer si nous devons voir le nuage de philosophie qu'elle condense.

En répudiant l'idée d'accès privilégié et direct à nos propres états mentaux, Wittgenstein n'affirmait pas l'idée que nous y avons un accès indirect, non privilégié. En niant que nous puissions toujours *savoir* quels états mentaux sont en nous, il ne proclamait pas que nous sommes parfois *ignorants,* par exemple que nous souffrons. Il ne rejetait pas la certitude potentielle de l'intérieur afin d'affirmer son caractère douteux. Il rejetait plutôt l'image-tableau admise non parce qu'elle serait *fausse* et sa négation vraie, mais parce qu'elle et sa négation sont du non-sens ou, du moins, ne signifient pas ce que la réflexion philosophique veut qu'elles signifient. Il attire notre attention sur notre usage des mots, sur ce qu'il appelait les « règles grammaticales » dont nous sommes familiers, afin de nous montrer combien nous nous trompons. Nous confondons à tort une connexion grammaticale ou une exclusion verbale avec une connexion empirique ou métaphysique, ou une exclusion déterminant la nature essentielle de l'esprit.

La vue et l'ouïe permettent d'acquérir de l'information sur notre environnement. Avoir mal à la tête, se sentir déprimé et attendre quelque chose ne nous apprennent rien sur notre douleur, nos humeurs et nos attentes. Cela a un sens de dire qu'une personne sait que *p* seulement si cela a aussi un sens de nier qu'elle le sait – car l'attribution de connaissances est censée être une proposition empirique qui est informative dans la mesure où elle *exclut* une autre possibilité. Mais nous n'avons pas d'usage pour la forme verbale « J'avais terriblement mal, mais je ne le savais pas » ou « Il agonisait, mais il l'ignorait ». Si « J'avais terriblement mal, mais je ne le savais pas » est exclu, alors « J'avais mal et je le savais » aussi. « Je sais que je souffre » peut affirmer un savoir seulement si « Je ne sais pas si je souffre » est intelligible. Mais on ne peut pas ignorer si on souffre ou pas – si A disait « Peut-être suis-je à l'agonie, mais je ne sais pas si c'est le cas », on ne le comprendrait pas. Il y a une part d'incertitude (est-ce une migraine ou une douleur ?) et d'indécision (« Je ne suis pas certain de savoir quoi en penser ») dans cette expression, mais pas d'ignorance. Cela a un sens de dire qu'on sait quand cela a un sens de parler de découvrir, de savoir ou d'apprendre. Mais quand on souffre, on ne *découvre* pas qu'on souffre. On ne sait pas, on n'apprend pas qu'on souffre, on *souffre*. Si on sait que *p*, on peut répondre à la question « Comment le savez-vous ? » en en montrant les preuves ou en invoquant la faculté perceptive qui nous a permis d'acquérir ce savoir. Mais on ne peut pas dire « Je sais que je souffre parce que je le sens », car sentir une douleur (à la différence de sentir une aiguille) *est* justement souffrir. Et la question « Comment savez-vous que vous souffrez ? » n'a pas de sens. Quand nous parlons de savoir que *p*, nous pouvons aussi parler de deviner, de supposer et de conjecturer que *p*. Mais cela n'a pas de sens de deviner qu'on souffre. En résumé, notre conception de la connaissance privée de l'expérience confond l'exclusion *grammaticale* de l'ignorance (l'*absence de sens* de « Je souffre peut-être, mais je ne sais pas si c'est le cas », le fait que nous n'avons donné aucun usage à cette forme verbale) avec la présence d'une connaissance.

On pourrait penser qu'il y a pourtant une différence entre souffrir et le savoir. Car on doit être conscient de souffrir, en avoir une connaissance immédiate, ce qui n'est possible que pour les créatures *conscientes*

d'elles-mêmes. Mais avoir la connaissance immédiate ou la conscience qu'on souffre n'est que souffrir – il y a là une distinction, mais pas de différence.
Il est frappant de voir que nous ne disons pas de
nos animaux domestiques malades qu'ils savent
qu'ils souffrent – ou d'ailleurs qu'ils ne le savent pas.
Quand notre chat souffre, nous ne nous consolons
pas en pensant que, même si cette pauvre chose
souffre, par chance il ne le sait pas parce que ce
n'est pas une créature consciente d'elle-même. Les
animaux ne disent pas qu'ils souffrent ; les humains,
si. Le fait qu'ils ne le disent pas ne signifie pas qu'ils
l'ignorent, et le fait que nous le disions n'implique
pas que nous sommes mieux informés. Cela montre
que nous avons appris à manifester de la douleur
d'une façon qui n'est pas accessible aux animaux,
lesquels ne parlent pas. Un être conscient de lui-
même n'est pas une créature consciente de ses maux
et de ses douleurs ; c'est plutôt une créature qui a
la connaissance immédiate de ses motifs, sait ce qui
l'anime et pourquoi, qui réfléchit sur ses émotions
et ses attitudes. C'est une aptitude des êtres dotés
de langage seulement, ce qui rend possible l'erreur,
le doute et l'aveuglement sur soi. Une telle connaissance de soi, authentique, est difficile à acquérir
– elle n'est pas donnée par le simple fait que la vie
mentale serait transparente. Les autres nous connaissent souvent mieux que nous-mêmes.

   L'idée même de transparence de la vie mentale est

confuse. Il est intelligible de dire que quelque chose est tel qu'il est seulement si cela a aussi un sens de dire qu'il est autre qu'il apparaît. Mais « Il me semble que je souffre, bien que ce ne soit pas le cas » et « Vous pensez que vous souffrez, mais en fait non » sont dépourvus de sens. On ne peut donc suivre Hume, qui disait que la vie mentale se distingue en cela que les choses sont exactement ce qu'elles semblent et que nous savons donc comment sont les choses dans notre monde intérieur privé. Une même confusion entre exclusion grammaticale et absence empirique caractérise la pensée selon laquelle l'expérience subjective serait indubitable et sans erreur. Assurément, je ne peux mettre en doute le fait que je souffre, mais pas parce que je suis certain que je souffre. C'est plutôt que rien ne vient mettre en doute si on souffre. Le doute n'est pas réfuté par une certitude fondée sur des bases solides ; il est exclu par la grammaire. Il est dépourvu de sens de dire « Je souffre peut-être, mais je n'en suis pas sûr ». « Je pensais que je souffrais, mais je me trompais » est un non-sens. Reid avait raison de dire « Je ne peux être trahi par ma conscience » en ce qui concerne mes sensations, mais pas parce que j'ai une perception très sensible ou parce que la conscience est fiable – plutôt parce qu'*il n'existe pas de tromperie* en ce domaine (même si bien sûr on peut s'aveugler soi-même sur ses sentiments et ses croyances, ce qui est une autre histoire). « Je ne peux faire d'erreur ici » n'est pas comme « Je ne peux faire d'erreur en comptant de 1 à 10 », mais comme « Je ne peux être battu au solitaire ».

Cela signifie-t-il qu'une forme verbale comme « Je sais que j'ai... » n'a pas d'usage dans le domaine mental ? Non – cela signifie seulement qu'elle n'a pas d'usage *épistémique*.

> « Si vous m'opposez le cas des gens qui disent notamment "Mais si j'ai mal, je dois bien le savoir", "Vous seul pouvez savoir ce que vous ressentez", et autres choses du même genre, vous devez prendre en compte les circonstances et la finalité de ces expressions. "La guerre est la guerre" n'est pas non plus un exemple de tautologie » (PI, p. 221).

« Je sais que je souffre » peut être une assertion emphatique de quelqu'un qui souffre ou bien une concession exaspérée (« Bien sûr que je souffre, inutile de me le rappeler »). Et « Je sais bien si je souffre ou pas » peut servir à souligner que l'ignorance et le doute sont exclus. C'est aussi une façon de spécifier une règle grammaticale – à savoir que savoir ou douter qu'on souffre n'ont pas de *sens*. Wittgenstein n'entendait pas légiférer sur ces usages, mais les décrire. Il soulignait que certaines formes verbales ne servent pas à l'usage qu'elles semblent avoir et ne peuvent être utilisées pour soutenir les théories philosophiques qui les invoquent.

« Si je dis : "Cet énoncé est dépourvu de sens", je pourrais simplement mettre en évidence d'autres énoncés avec lesquels nous avons tendance à le confondre, pour mettre ensuite en évidence la différence. C'est tout ce que l'on veut dire. – Si je dis : "Cet énoncé semble transmettre quelque chose, mais il n'en est rien", cela se laisse ramener à : "Il semble être de ce type ; mais ce n'est pas le cas." L'énoncé ne perd tout sens que si vous essayez de le comparer à ce à quoi vous ne pouvez le comparer. Votre seule erreur est de fermer les yeux sur la différence » (LSD 359 [212]).

Je peux dire ce qui se passe en moi, et *mes mots* ont un *statut* particulier. Non pas parce que j'ai accès à un peep-show privé et parce que je peux décrire ce que j'y vois et que les autres ne peuvent voir, mais plutôt parce que ce que je dis est une *expression* de l'intérieur. « J'ai mal aux dents » est souvent une expression de douleur, comparable à une plainte. « Je veux gagner » n'est pas une *description* de mon état d'esprit, mais une *manifestation* de celui-ci. « Je pense (ou crois) ceci ou cela » est l'*expression* d'une opinion. Cela doit être clarifié.

Descriptions et expressions

La perception est une source cardinale de connaissance du monde. Nous percevons des faits et lisons leur description à partir de ce que nous percevons, dépeignant ce que nous appréhendons ainsi en mots. Si nous pensons que l'intérieur est un monde privé auquel le sujet a un accès privilégié, alors nous sommes conduits à penser qu'ici aussi nous lisons une description, comme « Je souffre », « Je crois qu'il est sorti » et « J'ai l'intention de partir », à partir des faits accessibles seulement à nous. D'autres aspects favorisent cette pensée erronée. (1) Des propositions comme « A est en colère » décrivent une personne et caractérisent son état mental. Mais si « A est en colère (veut X, a l'intention de V) » est une description, de même assurément pour « Je suis en colère (veux X, ai l'intention de V) ». L'énoncé à la première personne ne dit-il pas du locuteur précisément ce que dit de lui le jugement à la troisième personne correspondant ? L'énoncé à la première personne n'est-il pas la base de celui à la troisième personne précisément parce qu'il décrit ce qu'il en est chez le locuteur et donne *donc* des indices pour la description à la troisième personne ? (2) Non seulement il y a cette apparente symétrie logique entre phrases à la première et à la troisième personne, mais il semble aussi y avoir une symétrie des temps. « J'avais mal aux dents hier » décrit ce qu'il en était de moi. Mais cela ne dit-il pas de moi précisément ce que « J'ai mal aux dents » disait hier de moi ? (3) Une proposition vraie décrit comment sont les choses. L'assertion selon laquelle A a mal aux dents est vraie si et seulement si A a mal aux dents. Mais l'énoncé « J'ai mal aux dents » par A peut être vrai (s'il est sincère) ou faux (s'il ment). Il est vrai si et seulement si il a mal aux dents. Donc un seul et même fait rend vraies ces deux assertions. Assurément, elles expriment la même proposition, décrivent le même état de choses et sont vraies en vertu de ce qu'elles décrivent.

Ces apparentes symétries logiques engendrent l'image-tableau épistémologique que nous avons commencé à mettre à l'épreuve. Si « J'ai une douleur » n'est pas moins une description que « Il a une douleur », alors il semble qu'elle soit *justifiée* par les faits. De même, je suis fondé à l'affirmer seulement si je sais qu'elle est vraie. Mais afin de savoir si elle est vraie, je dois la vérifier – par introspection, en la comparant aux faits auxquels je suis seul à avoir directement accès. Et si l'introspection est la méthode

servant à vérifier les jugements à la première personne et au présent sur l'intérieur, alors les jugements
à la troisième personne ne peuvent nullement être
vérifiés directement. Ils doivent être seulement des
inférences par analogie ou des inférences quant à la
meilleure explication possible. Nous avons dû nous
tromper quelque part. Mais, comme le faisait remarquer Wittgenstein, « sentir un rat est toujours plus
facile que de le prendre au piège » (MS 165 152).

Nous devons donc opérer une réorientation fondamentale de notre mode de pensée. Nous devons
« rompre radicalement avec l'idée selon laquelle le
langage fonctionnerait toujours de la même façon,
servirait toujours la même fin : exprimer des pensées
– sur des maisons, des douleurs, le bien et le mal, ou
tout ce que vous voudrez » (PI § 304). « Comme si
le but d'une proposition était d'exprimer à une personne ce qu'il en est d'une autre : seulement dans
sa partie pensante et pas aussi dans ses tripes » (PI
§ 317). Car, d'après les *cognitivistes*, la fonction de
« J'ai une douleur » ou de « J'ai l'intention de V »,
etc., consiste à exprimer aux autres quelque chose que
je *sais,* quelque chose que j'appréhende par introspection, et à le décrire avec des mots au bénéfice d'autrui.

> « Nous sommes tellement habitués à communiquer par
> la parole, au cours de conversations, qu'il nous semble
> que toute la communication consiste en ceci : quel-

qu'un d'autre saisit le sens de mes mots – ce qui est quelque chose de mental : il les fait pour ainsi dire entrer dans son propre esprit. S'il en fait autre chose de plus, cela ne relève pas du but immédiat du langage.

On aimerait pouvoir dire : "Le dire fait qu'il *sait* que j'ai mal ; cela produit ce phénomène mental-là. Tout le reste n'est pas essentiel au dire." Quant à ce qu'est le bizarre phénomène que représente la connaissance, on a du temps pour cela. Les processus mentaux sont tout bonnement bizarres. (Tout se passe comme si quelqu'un disait : "L'horloge nous donne l'heure. *Ce qu'est* l'heure, on ne l'a pas encore établi. Et quant à la raison pour laquelle on nous donne l'heure – cela n'a rien à faire ici.") » (PI § 363).

Nous devons nous débarrasser du préjugé selon lequel le rôle fondamental d'un énoncé psychologique à la première personne est de *décrire* comment sont les choses en nous, de fournir aux autres une information privilégiée. Quand l'enfant se blesse et crie, il ne transmet pas à sa mère une information qu'il a obtenue par introspection. La réponse « Tiens, comme c'est intéressant ! » n'a pas lieu d'être ici. L'enfant manifeste plutôt de la douleur et sa mère le console. Quand l'adulte se plaint, « Je souffre terriblement », il n'exprime pas une connaissance à son auditeur. Si quelqu'un demande « Où est N. N. ? » et qu'on répond « Je crois qu'il est à Londres », la réponse « Quel passionnant fragment d'autobio-

graphie ! Mais maintenant, dis-moi où est N. N. ? »
serait une plaisanterie. Si on dit à un barman « Je
veux un scotch », il ne répond pas « Vraiment ?
Et qu'avez-vous d'autre à me dire ? ». Ces énoncés
sont des *expressions* respectivement de douleur, de
croyance et de désir, pas des *descriptions* d'objets et
d'événements sur une scène privée.

Nous devons nous méfier d'un usage trop facile
du mot « description » : « Peut-être le mot "décrire"
nous trompe-t-il ici. Je dis "Je décris mon état d'esprit" et "Je décris ma chambre". Vous devez avoir
présentes à l'esprit les différences entre les jeux de
langage » (PI § 290). Les concepts et les activités
qui relèvent de la description d'une pièce sont observer, scruter, examiner et décrire. Des questions de
compétences observationnelles (avoir l'œil ou pas) et
de conditions d'observation (jour ou nuit) peuvent
se poser. On peut parvenir à une identification ou
se tromper, on peut reconnaître ce qui est visible ou
échouer. On peut s'entraîner à observer mieux, et il
est des observateurs plus ou moins doués. On peut
faire des erreurs et les corriger par un examen plus
attentif. Ici, cela a un sens de demander « Comment
le savez-vous ? » ou « Pourquoi pensez-vous cela ? »,
car dans de nombreux cas, on a des indices expli-
quant ce qu'on a identifié et caractérisé. On peut être
certain (et cependant se tromper) ou pas certain de la
description de quelqu'un. Mais il n'en va pas ainsi
dans le cas de nombreux énoncés psychologiques

typiques à la première personne et au présent, comme
« J'ai une douleur », « J'ai l'intention d'aller là », « Je
crois qu'il est à Londres », « Je suis content » et « J'ai
peur ». Utilisés de façon spontanée au moment
opportun, ils s'écartent nettement du paradigme de la
description donné précédemment (ainsi que d'autres
membres de la famille, que nous n'examinerons pas).
Premièrement, ils ne sont pas fondés sur une perception. Donc, deuxièmement, il n'y a pas de conditions
d'observations, d'organes perceptifs, de capacité à
percevoir par « sens interne », et pas de dons pour
percevoir ses douleurs, ses peurs, ses intentions et
ses croyances. Troisièmement, on ne reconnaît ni
n'échoue à reconnaître, on n'identifie ni ne manque
ce qui se passe en soi (bien qu'on puisse comprendre
par exemple que sa douleur est un symptôme d'an-
gine de poitrine ou ses intentions discutables).
« Je pensais que j'avais mal, mais je me trompais »
n'a pas de sens. Quatrièmement, on ne vérifie pas
ce qu'on a dit en y regardant de plus près (mais seulement dans certains cas en réfléchissant plus) ; on ne
compare pas ce qu'on a (une douleur, une pensée, une
émotion) avec des paradigmes de description correcte
ou précise. Cinquièmement, comme noté plus haut, il
n'y a pas ici de connaissance ni d'ignorance, de certitude ni de doute, mais seulement de l'indécision (« Je
ne sais pas bien ce que je vais faire » ne signifie pas
que j'ai l'intention de faire quelque chose, mais que
je dois découvrir quoi ; cela signifie plutôt que je ne

suis pas encore décidé). Enfin, les énoncés de quelqu'un ne reposent pas sur des preuves, et cela n'a pas de sens de demander par exemple « Comment savez-vous que vous avez mal ? » ou « Pourquoi croyez-vous que vous avez l'intention de partir ? ».

Tout cela n'implique nullement qu'il n'existe pas de description des états d'esprit, mais seulement que c'est un jeu de langage bien plus spécialisé qu'on aurait pu le penser. C'est quelque chose à quoi une personne hautement consciente d'elle-même, comme Proust, excelle. Que l'usage d'une forme verbale soit ou non une description d'un état d'esprit dépend du contexte et de la façon de l'énoncer, du discours qui précède, du ton et des intentions du locuteur. Le concept d'état d'esprit est plus restrictif qu'on ne le pense. Avoir l'intention, croire et penser ne sont pas des états d'esprit, et dire ce qu'on a l'intention de faire, ce qu'on croit ou ce qu'on pense n'est jamais décrire ses états d'esprit. Des états d'esprit sont des états de conscience (par exemple des humeurs, des états émotionnels) qui ont une vraie durée : c'est-à-dire qu'ils disparaissent pendant le sommeil et peuvent être interrompus pour réapparaître plus tard. L'imparfait, mêlé de descriptions d'actions et de réactions, les décrit bien. Des énoncés spontanés comme « Je pars », « Je crois qu'il est à Londres » et « Je ne te crois pas » ne sont pas des descriptions de ce type. L'image-tableau classique exerce cependant un vif attrait :

> « Comme s'il y avait une *description* de mon compor-
> tement, et en outre une description (au même sens du
> terme) de ma douleur ! L'une serait pour ainsi dire la
> description d'un fait externe, l'autre d'un fait interne.
> Ce qui correspond à l'idée d'après laquelle c'est dans
> le même sens que je puis donner un nom à une partie
> de mon corps et à une expérience privée (bien qu'indi-
> rectement seulement dans ce dernier cas).
> Et j'attire votre attention sur le fait que les jeux de
> langage sont plus différents ici et là que vous ne le
> pensez.
> Vous ne pouvez tout de même pas appeler description
> un gémissement ! En effet ; mais cela vous montre à
> quel point la proposition : "J'ai mal aux dent" est éloi-
> gnée d'une description » (LPE 262 *sq.* [48-49]).

À la place de la conception descriptionniste et
cognitiviste, Wittgenstein propose une image entièrement différente – *expressionniste* et *naturaliste*. L'expression verbale de la douleur vient se greffer sur le
comportement expressif *naturel* en cas de blessure,
car « La forme originelle et primitive du jeu de langage concerné est une réaction ; ce n'est qu'ainsi que
peuvent se développer les formes plus complexes. Le
langage – veux-je dire – est un raffinement, "au commencement était l'action" » (CV31) [13].

> « Comment les mots se *réfèrent*-ils aux sensations ?
> – Il ne semble pas y avoir ici de problème ; ne parlons-
> nous pas tous les jours de sensations, ne les nommons-
> nous pas ? Mais comment le lien entre le nom et la

chose nommée s'est-il établi ? Cette question est la même que celle-ci : comment un être humain apprend-il le sens des noms de sensations ? – du mot "douleur" par exemple ? Voici une possibilité : les mots sont liés aux expressions primitives et naturelles de la sensation, et ils sont utilisés à leur place. Un enfant s'est blessé et se met à crier ; un adulte lui parle et lui apprend des exclamations, puis des phrases. Celles-ci enseignent à l'enfant un nouveau comportement de douleur.

"Alors, vous dites que le mot "douleur" signifie en réalité crier ?" – Bien au contraire : l'expression verbale de la douleur remplace les cris ; elle ne les décrit pas » (PI § 244).

Un enfant pousse un cri lorsqu'il se blesse, il grimace, il hurle ou il geint, et cela apaise son membre blessé. C'est là qu'est la racine du jeu de langage concerné, pas dans l'observation d'un peep-show privé. Il n'y a pas lieu ici de demander à l'enfant comment il sait qu'il s'est blessé, et on ne lui demande pas s'il est sûr de s'être cogné – on le rassure.

La même chose vaut pour d'autres termes psychologiques – même si ce n'est pas pour tous, ni pour les formes les plus développées d'états et de conditions psychologiques. Un enfant qui veut son ours tend les bras vers lui et pleure de frustration – on lui apprend alors à utiliser le terme « Je veux ». Lorsqu'il tend les bras vers son ours, il n'identifie pas d'abord par introspection son état intérieur comme étant un vouloir, non plus que lorsqu'il dit « Je veux ». Un enfant est effrayé par un chien qui aboie ; il blêmit et s'enfuit. Il ne reconnaît pas la peur dans ce qu'il éprouve avant de répondre au chien, et ce n'est pas non plus le cas lorsqu'il a appris à dire « J'ai peur ». Un enfant pousse des cris de joie devant un cadeau de Noël ; plus tard, il apprend à s'exclamer « Super ! ». Son comportement primitif n'est pas une description, non plus que son exclamation plus tard. Ces formes primitives de comportement naturel sont les antécédents de nos jeux de langages acquis. Ils fournissent leur soubassement comportemental, le fonds sur lequel viennent s'enter les *manifestations* et les *expressions* verbales du mental.

Les aveux de douleur sont des extensions acquises du comportement expressif naturel ; ce sont en eux-mêmes des formes de comportement. Les expressions rudimentaires du vouloir sont des *substituts* partiels du comportement conatif naturel. Les expressions spontanées d'émotion, comme « J'aime... », « Je déteste... », sont des *manifestations* d'attitudes affectives. Et comme les formes naturelles de comportement que ces énoncés acquis remplacent, ces formes verbales de comportement constituent des *critères logiques* pour l'attribution à la troisième personne des sensations, des désirs et des émotions correspondants. Ce n'est pas en vertu d'une découverte empirique fondée sur des corrélations inductives que les êtres humains pleurent, geignent, apaisent leurs bles-

sures quand ils se cognent, essayent d'obtenir ce
qu'ils veulent ou ont peur de ce qu'ils trouvent
dangereux. Il n'y a pas d'identification non inductive
de la douleur dans son propre cas qui puisse être
corrélée par induction au comportement de douleur.
« Nous ne devons pas nous mettre en quête d'un "mal
de dents" indépendant du comportement. Nous ne
pouvons pas dire : "Il y a ici le mal de dents, et là le
comportement – et nous pouvons les réunir comme
nous voulons" » (LSD 298 [128-129]). Car dans son
propre cas, on n'*identifie* pas son mal de dents, on le
manifeste. Le fait de se manifester dans ces formes
de comportement de douleur fait partie de ce qu'on
entend par « mal de dents ». Nous apprenons à dire
« Il a mal » quand autrui se comporte ainsi, et son
énoncé « Cela fait mal » n'est pas moins un critère
pour la douleur que le fait de geindre. Bien sûr, on
peut dissimuler et faire semblant (pas les nouveau-
nés – car faire semblant s'apprend) ; et les critères
de douleur ne *certifient* pas que la personne souffre.
Ce sont logiquement de bons indices, mais, dans
certaines circonstances, on peut les *déjouer*. Mais
s'ils ne sont pas pris en défaut, ces critères confèrent
de la certitude.

Tous les termes psychologiques ne sont pas reliés
ainsi aux manifestations naturelles de l'intérieur. Il
existe un comportement naturel d'intention : « Regardez un chat qui traque un oiseau ; ou une bête qui
veut s'enfuir » (PI § 647). Mais « Je vais V » ou

« J'ai l'intention » ne sont pas des substituts partiels de ce comportement, comme l'aveu d'une douleur l'est pour une plainte. On nous a plutôt enseigné que lorsqu'on dit « Je vais V », on doit alors le faire – mais on ne nous a pas enseigné tout d'abord à identifier un état intérieur d'intention, qu'on décrirait ensuite avec les mots « J'ai l'intention ». Le rêve est différent aussi. L'enfant se réveille en criant « Maman, il y a un tigre qui me poursuit », et sa mère réplique « Mais non, c'était un rêve. Regarde, tu es dans ta chambre et il n'y a pas de tigre ». Petit à petit, l'enfant apprend à dire « J'ai rêvé… » en se réveillant. « Je pense… » et « Je crois » ne sont pas appris ni utilisés pour décrire un état intérieur au bénéfice des autres. Ils servent à qualifier une affirmation sur ce que sont les choses – à signifier que nous ne sommes pas en position d'en garantir les conséquences (que nous ne sommes pas position de nous en porter garants ou d'affirmer que nous le savons), à signifier que nous n'en sommes pas sûrs ou, si c'est le cas, que nous admettons qu'en douter n'est pas déraisonnable. Les prétextes des différents termes psychologiques sont divers, mais ces différences ne conduisent nullement à réaffirmer l'image-tableau classique de l'intérieur.

Le dedans et le dehors :
la connaissance d'autrui

La conception erronée de l'accès privilégié à l'intériorité a pour complément que nous ne pouvons connaître que de façon indirecte ce qui se passe chez autrui, que « le dedans » est *caché* derrière « le dehors » (c'est-à-dire les simples comportements extérieurs – mouvements du corps et sons de parole). Cela aussi est erroné, selon Wittgenstein – mais pas parce que le dedans serait une fiction, comme le soutiennent les behavioristes. On en est même loin : le plaisir et la douleur, la joie et la peine ne sont pas que des comportements. Mais contrairement à ce que disent les traditions cartésiennes et empiristes, les objets, les événements, les états et les processus ne sont pas comme leurs homologues physiques, à cette différence près qu'ils sont immatériels ; quoi qu'en dise Hume, l'esprit *n'est pas* « une sorte de théâtre où diverses perceptions font successivement leur apparition ; elles passent, repassent, glissent sans arrêt et se mêlent en une infinie variété de conditions et de situations[14] ». C'est cette *conception philosophique* du dedans qui est en fait une *fiction grammaticale* que Wittgenstein se propose d'extirper. Le dedans est bien plus *différent* du dehors que ce type de constructions philosophiques ne le suggère.

Notre façon de parler du « dedans » et du « dehors » est métaphorique. On ne dit pas normalement qu'un mal de dents est quelque chose d'« intérieur » ou qu'une douleur est « mentale ». Au contraire, nous parlons de douleur *physique* et nous l'opposons à des souffrances mentales comme la peine. Le mal de dents est dans les dents, pas dans l'esprit (bien qu'il ne soit pas dans une dent comme si c'était une cavité). Mais nous comparons le mal de dents et son expression en termes de « dedans » et de « dehors », car je ne dis pas que j'ai mal aux dents sur la base d'une observation, mais je dis qu'il a mal aux dents sur la base de son comportement. Donc, « nous devons mettre au clair la façon dont nous appliquons effectivement la métaphore de la révélation (dehors et dedans) ; faute de quoi nous serons tentés de chercher un dedans au-delà de ce qui, dans notre métaphore, est le dedans » (LPE 223 [30]). Quelqu'un peut avoir mal aux dents et ne pas le manifester, il peut voir quelque chose et ne pas dire ce qu'il voit, il peut penser et ne pas formuler ses pensées. Mais s'il se plaint d'avoir mal aux dents, décrit ce qu'il voit, exprime ses opinions, alors, selon notre métaphore, il « révèle » ce qu'est le dedans. S'il gémit lorsque le dentiste soigne sa dent, nous ne pouvons dire : « Ce n'est qu'un comportement – sa douleur est encore cachée. » S'il nous dit ce qu'il pense, nous ne pouvons dire : « Ce ne sont que des mots, mais il garde pour lui ce qu'il pense. » Et s'il nous montre ce qu'il voit, alors nous pouvons voir ce qu'il voit, sans regarder à l'intérieur de quoi que ce soit. Car c'est ce qu'on *appelle* « douleur manifeste », « dire ce qu'on pense », « montrer ce qu'on voit ». S'il est sincère, il ne laisse rien dans l'ombre qu'il garderait pour lui. Bien sûr, le manque de sincérité et la dissimulation sont possibles – ce qui est « dehors » peut nous tromper quant à ce qui est « dedans » –, mais la preuve de cette tromperie vient de *comportements* ultérieurs : cela relève encore du « dehors ».

On peut cacher sa douleur, déguiser ses sentiments et garder ses pensées secrètes. Mais avoir mal aux dents, être en colère ou penser quelque chose ne consistent pas à cacher quelque chose. On cache sa douleur lorsqu'on évite délibérément de se plaindre – on la révèle lorsqu'un cri passe par la gorge. On déguise ses sentiments lorsqu'on est réservé, et on les révèle lorsqu'on perd le contrôle de soi-même et qu'on laisse aller sa colère. On cache ses pensées non en ne les pensant pas et en ne les exprimant pas, mais par exemple en écrivant sous forme codée son journal intime ou en parlant à son épouse en présence de ses enfants dans un langage qu'ils ne parlent pas. Mais si le code est décrypté et le journal lu, ou si ce langage étranger est compris, alors ces pensées se révèlent.

De même, il est faux de prétendre qu'on ne connaît qu'*indirectement* ce qui se passe en autrui, car le terme *indirect* n'a de sens que si on peut parler aussi de connaissance *directe*. Mais comme nous l'avons vu, il est erroné de dire que quelqu'un *sait*, par exemple, qu'il a mal à la tête ou pense ceci ou cela – car il ne s'agit pas du tout de connaissance, à plus forte raison de connaissance directe. Mais voir quelqu'un gémir et se plaindre après qu'il a été blessé, c'*est* savoir « directement » qu'il a mal – ce n'est pas une inférence tirée du fait qu'on lui a prescrit des analgésiques. Être témoin des souffrances d'autrui, ce n'est pas acquérir une connaissance indirecte, et celui qui souffre n'en a pas une connaissance directe – il *souffre*, il n'a pas de connaissance. Si un ami ouvre son cœur à quelqu'un, on ne peut dire : « Je n'ai qu'une connaissance indirecte de ses pensées et de ses sentiments. » Ce serait le cas si j'avais appris ce qu'étaient ses pensées et ses sentiments par ouï-dire, de seconde main.

Ces conceptions erronées de l'intérieur et de l'extérieur, de ce qui est caché et de ce qui est révélé, de ce qui est direct et de ce qui est indirect vont de pair avec une conception profondément erronée du comportement humain, laquelle caractérise aussi bien le dualisme cartésien que le dualisme contemporain du cerveau et du corps. Tous deux ne conçoivent le comportement que comme un simple mouvement du corps causé par l'intérieur, comme des contractions musculaires et des mouvements des membres et du visage résultant d'événements mentaux et neuronaux. De ces éléments externes, nous *inférons* leurs causes cachées. Nous *interprétons* ce que nous voyons comme la manifestation patente d'événements et d'états internes. Mais il n'en va pas ainsi.

> « "Je vois que l'enfant veut toucher le chien, mais n'ose pas." Comment puis-je voir cela ? – Est-ce une description de ce que je vois au même titre qu'une description de formes qui bougent ou de couleurs ? Est-ce une interprétation sous forme interrogative ? Rappelez-vous que vous pouvez toujours *imiter* un être humain qui aimerait toucher quelque chose, mais n'ose pas. Et ce que vous *imitez* n'est après tout qu'un comportement. Mais vous ne pourrez donner une imitation caractéristique de ce comportement que dans un contexte plus large […].
> Mais ce que je dis, est-ce que je vois "réellement" de la peur dans ce comportement – ou bien que je "vois" réellement l'expression du visage concerné ? Pourquoi pas ? Mais il ne s'agit pas de nier la différence entre les deux concepts de ce qui est perçu […]. "Mêmes expressions" s'applique à des visages tout autrement que "même anatomie" » (RPP I § 1066-8).

L'idée selon laquelle nous ne voyons pas vraiment la joie, le malheur ou l'humour sur le visage d'une

personne, mais seulement des contractions musculaires est aussi erronée que celle selon laquelle nous
ne voyons pas vraiment les arbres dans le jardin, mais
seulement des taches de couleur et des formes ou des
données des sens et des apparences. De même, il est
erroné de penser que ce que nous entendons lorsque
nous écoutons parler quelqu'un d'autre n'est que
des sons, que notre cerveau ensuite interprète comme
de la parole pourvue de sens. La joie, le malheur ou
l'amusement ne sont pas cachés derrière le visage qui
les manifeste ; ils sont visibles sur lui. Ce que nous
appelons donc à tort « le dedans » *se diffuse* dehors.
Bien sûr, nous ne pouvons décrire le dehors avec la
riche terminologie dont nous nous servons pour le
dedans. Nous déchiffrons de l'amitié ou de l'hostilité
sur le visage d'autrui ; nous n'inférons pas la présence de l'un ou de l'autre d'après la disposition des
muscles du visage (que nous ne pouvons même pas
décrire). C'est une erreur de penser que nous *inférons*
normalement le dedans à partir du dehors :

> « Outre la prétendue tristesse des traits de son visage,
> est-ce que je perçois aussi son état d'esprit triste ? Ou
> bien est-ce que je le déduis de son visage ? Est-ce que
> je dis : "Ses traits et son comportement étaient tristes,
> donc lui aussi l'était probablement" ? » (LW I § 767).

On peut inférer que quelqu'un a mal si on sait qu'il
souffre d'arthrite. Mais quand on observe quelqu'un

qui agonise, on n'infère pas qu'il a mal d'après ses mouvements – on voit qu'il a mal. Le comportement de *douleur* est un critère servant à évaluer la douleur, comme le comportement *joyeux* pour le fait d'être joyeux. On peut toutefois objecter que si on peut voir *qu*'il a mal, on ne peut voir sa douleur – on doit l'inférer. On répondra (1) qu'il ne peut percevoir non plus sa douleur et (2) qu'on ne peut voir sa douleur seulement au sens où on ne peut voir des sons et entendre des couleurs.

L'idée selon laquelle autrui peut seulement conjecturer que j'ai mal (alors que moi je *sais* que j'ai mal) est fausse. « Si nous nous servons du mot "savoir" dans son usage normal (comment sinon l'utiliser ?), alors autrui sait très souvent quand j'ai mal » (PI § 246). Si un philosophe objecte que, toutes choses égales par ailleurs, autrui ne peut le savoir avec la même certitude que moi, la réponse est que « Je sais », conçu à la manière du philosophe, est un non-sens. Autrui peut douter de ma douleur, et moi pas ; autrui peut aussi en être certain, et moi pas. Car, assurément,

> « je peux être aussi *certain* des sensations de quelqu'un d'autre que de n'importe quel fait. […]
> – Mais si vous êtes *certain*, n'est-ce pas que vous fermez les yeux face au doute ? – Ils sont fermés » (PI, p. 224).

Pourquoi ? « Essayez seulement – dans un cas réel – de douter de la peur ou de la douleur de quelqu'un » (PI § 303).

Peut-on dire :

> « "Je peux seulement *croire* que quelqu'un d'autre a mal, mais je *sais* si moi j'ai mal." – Oui : on peut prendre la décision de dire "Je crois qu'il a mal" au lieu de dire "Il a mal". Mais c'est tout. – Ce qui paraît être ici une explication ou une sorte d'énoncé sur un processus mental est en vérité l'échange d'une expression contre une autre, laquelle, si on fait de la philosophie, semble la plus appropriée » (PI § 303).

Si ce n'est pas simplement en vertu d'une décision qu'on utilise cette forme d'expression, alors il est absurde de dire que nous ne pouvons que *croire* les états d'esprit des autres :

> « "Je crois qu'il souffre." – Est-ce que je *crois* aussi qu'il n'est pas un automate ?
> (Ou bien est-ce que je crois qu'il souffre, mais je suis certain qu'il n'est pas un automate ? – Non-sens !) […]
> "Je crois qu'il n'est pas un automate", tout court, n'a pas de sens.
> Mon attitude vis-à-vis de lui est une attitude à l'égard d'une âme. Je n'ai pas l'*opinion* qu'il a une âme […].
> Le corps humain est la meilleure image-tableau de l'âme humaine » (PI, p. 178).

Esprits, corps et comportement

Nos concepts psychologiques sont liés logiquement aux comportements qui manifestent l'intérieur. Car c'est le comportement d'un être humain qui fournit les critères logiques pour dire de lui qu'il est en train de percevoir ou de ressentir quelque chose, de penser ou de se souvenir, qu'il est joyeux ou triste. Ce comportement ne consiste pas seulement en mouvements du corps, mais aussi en sourires et en grimaces ; il se manifeste par une voix douce ou sévère, des gestes d'amour ou de mépris, par ce qu'une personne dit et fait. Le comportement humain n'est pas un simple phénomène physique comme un clignotement sur l'écran d'un ordinateur ou les mouvements d'un robot industriel.

Voilà qui va contre le dualisme cartésien aussi bien que contre le dualisme cerveau/corps. C'est nié implicitement par ceux de nos contemporains qui admettent que les ordinateurs peuvent penser (ou du moins qu'ils y parviendront bientôt). Wittgenstein

attaque les présupposés sous-tendant pareille conception :

> « Mais ce que vous dites ne revient-il pas à ceci : qu'il
> n'y a pas de douleur, par exemple, sans *comportement
> de douleur* ? – Cela revient à dire que c'est seulement
> d'un être humain vivant et de ce qui ressemble à
> (c'est-à-dire se comporte comme) un être humain
> vivant qu'on peut dire : cela a des sensations ; cela
> voit ; c'est aveugle ; cela entend ; c'est sourd ; c'est
> conscient ou inconscient » (PI § 281).

Bien sûr, on peut avoir mal et ne pas le montrer, on
peut penser et ne pas dire ce qu'on pense. Mais

> « on pourrait dire ceci : si on voit le comportement d'un
> être vivant, on voit son âme. – Mais est-ce que, dans
> mon propre cas, je me dis quelque chose à moi-même
> parce que je me comporte de telle ou telle façon ?
> – Je ne le *dis pas* en vertu de l'observation de mon
> comportement. Mais cela n'a de sens que parce que je
> me comporte de telle façon » (PI § 357).

Le sujet des prédicats psychologiques est une créature vivante qui peut manifester ses sentiments et ses
pensées à travers des comportements, et qui le fait.
On peut dire qu'un être humain, un cheval ou un chat
voient ou entendent, sont aveugles ou muets. Mais un
senseur électronique ne voit ni n'est aveugle. Un
robot qui répond à des instructions verbales n'entend
pas, et lorsqu'il fonctionne mal, il ne devient pas

sourd. Un ordinateur ne devient pas conscient quand on le met en marche et il ne s'endort pas non plus lorsqu'on l'éteint.

> « Qu'est-ce qui nous donne *autant l'idée* que les êtres vivants, les choses vivantes peuvent sentir ?
> Est-ce mon éducation qui m'a incité à diriger mon attention vers les sentiments que je trouve en moi de sorte que désormais je transfère cette idée aux objets qui sont hors de moi ? Est-ce parce que je reconnais qu'il y a quelque chose là (c'est-à-dire en moi) que je peux appeler "douleur" sans entrer en conflit avec la façon dont autrui utilise ce mot ? – Je ne transfère pas mes idées aux pierres, aux plantes, etc. »(PI § 283.)

Mais il n'en va pas ainsi. Nous n'apprenons pas l'usage du mot « douleur » en identifiant une certaine sensation à l'intérieur de nous, dont nous savons qu'elle se produit et que nous reconnaissons comme telle pour ensuite la nommer. Nous apprenons plutôt l'usage de la phrase « J'ai mal » en tant qu'extension de notre comportement naturel de douleur et afin de l'attribuer à autrui lorsqu'il se comporte de la même manière. Nous n'identifions pas (ou nous nous trompons dans nos identifications) nos propres douleurs ; nous ne reconnaissons pas (ou échouons à reconnaître) nos propres douleurs. Le mot « douleur » prend sens non pas lorsque nous nommons un objet interne, mais lorsque celui qui souffre l'utilise dans des expressions de douleur. Son exclamation « J'ai mal » sert aux autres de critère pour lui attribuer de la douleur.

Il semble que les sensations, les perceptions, les pensées et bien sûr la conscience elle-même puissent être attribuées à la fois à des choses physiques – corps humains ou cerveaux ou ordinateurs – et à des esprits ou des âmes, dont sont dotés certains corps. Wittgenstein attaque ce faux dilemme de façon indirecte et subtile :

> « Ne puis-je imaginer que j'ai des douleurs effrayantes et qu'elles durent tandis que je deviens pierre ? Comment puis-je savoir, lorsque je ferme les yeux, que je ne suis pas devenu une pierre ? Et si c'était arrivé, en quel sens la *pierre* souffrirait-elle ? En quel sens attribuer de la douleur à la pierre ? Et pourquoi la douleur a-t-elle besoin de quelqu'un pour la subir ?
>
> Et peut-on dire de la pierre qu'elle a une âme et que *c*'est ce qui a mal ? Qu'est-ce que l'âme, et ce qui a mal, a à voir avec une pierre ?
>
> Seul ce qui se comporte comme un être humain peut être dit *avoir* mal.
>
> Car on doit le dire d'un corps ou, si on veut, d'une âme qu'un corps *a*. Et comment un corps peut-il *avoir* une âme ? » (PI § 283.)

Si *per impossibile* nous apprenions ce que le mot « douleur » signifie en nommant un objet interne que nous reconnaissions, alors attribuer de la douleur à autrui serait problématique. On devrait imaginer qu'autre chose *a* ce qu'on a – à savoir *cela* – dans *son* corps. Mais si *cela* était dans son corps, cela signifierait simplement qu'il ressent de la douleur dans *son corps* plutôt que dans le mien.

> « Si on doit imaginer la douleur de quelqu'un d'autre sur le modèle de la sienne, ce n'est guère facile : car je dois imaginer la douleur que je *n'éprouve pas* sur le modèle de la douleur que j'*éprouve*. Je ne dois donc pas simplement effectuer en imagination une transition d'un emplacement de douleur à un autre. Comme c'est le cas par exemple quand je passe d'une douleur à la main à une douleur au bras. Car je ne dois pas imaginer que je ressens de la douleur dans une région de son corps. (Ce qui serait aussi possible.)
> Le comportement de douleur peut indiquer un endroit douloureux – mais c'est la personne souffrante qui lui donne son expression » (PI § 302).

Si l'on peut imaginer qu'une autre personne a mal *sur ce modèle*, ne peut-on aussi imaginer qu'une pierre peut avoir mal ? Si j'imagine une douleur, je ne la ressens pas sur le modèle de la douleur que je ressens. Alors pourquoi ne puis-je imaginer qu'une pierre a mal ? Si je m'imagine devenant pierre avec ma douleur qui continue, la pierre aurait-elle mal ? Mais aucune pierre ne manifeste de la douleur. Mais pourquoi la douleur devrait-elle être celle de la pierre ? On pourrait tout aussi bien dire qu'il y a ici ou là des douleurs que personne ne sent ! C'est absurde. Et de même, il est absurde d'attribuer de la douleur à une pierre.

Est-ce que *je* continue à souffrir après que *mon corps* est devenu pierre ? Ce qui est sujet à la douleur, est-ce l'âme ou l'esprit, la *res cogitans* cartésienne, qui appartient à la pierre ? Alors la pierre a mal dans la mesure où *son* esprit a mal. Mais c'est doublement absurde. Premièrement, la forme possessive de la représentation de la douleur ne signifie pas, comme on l'a vu, qu'il y a propriété ; « J'ai mal » est une *expression de douleur*, et l'expression de la douleur est un *comportement de douleur* – mais les pierres n'ont pas de comportement. Non plus que les esprits ou les âmes. Deuxièmement, les pierres n'ont pas d'esprit – à la différence des êtres humains, qui rient et pleurent, qui agissent et réagissent sans cesse aux aléas de leur vie, qui ont un esprit. *J'*ai un corps et un esprit – bien que la forme « avoir » ici aussi soit trompeuse, puisque « mon corps » ne signifie pas une relation de possession entre *moi* et mon corps et puisque « Je » ne se réfère pas à mon corps. Cependant, *mon corps* n'*a* pas un esprit. Ce n'est pas le corps qui manifeste de la douleur dans son comportement, car les *corps* ne se comportent pas – ce n'est pas mon corps qui pleure et se plaint, ou bien qui serre les dents et se comporte de façon stoïque. Et si je devenais pierre, la pierre n'aurait pas d'âme ou d'esprit.

« Regardez une pierre et imaginez qu'elle a des sensations. – On se dit alors : comment en venir à l'idée
d'attribuer une *sensation* à une *chose* ? Autant en attribuer à un nombre ! – Maintenant, regardez une
mouche qui se tortille et d'un coup ces difficultés disparaissent : la douleur semble trouver prise là où aupa-
ravant tout était pour ainsi dire trop lisse pour elle.
De même aussi, un cadavre nous semble tout à fait
inaccessible à la douleur. – Notre attitude vis-à-vis du
vivant et à l'égard des morts n'est pas la même. Toutes
nos réactions sont différentes » (PI § 284).

Nous répondons d'innombrables façons différentes
à ce qui est vivant, et ces réactions naturelles ne sont
pas la conséquence d'une théorie ou les fondements
d'une théorie ; elles sont constitutives de la forme
humaine de vie et constituent donc le socle de nos
jeux de langage.

« Mais n'est-il pas absurde de dire d'un *corps* qu'il a
mal ? – Et pourquoi ressent-on cela comme une absur-
dité ? En quel sens est-il vrai que mes mains ne ressentent pas de douleur, mais moi dans mes mains ?
Quelle sorte de problème est-ce : est-ce le *corps* qui
ressent de la douleur ? Comment en décider ? Qu'est-
ce qui nous fonde à dire que ce n'est *pas* le corps ?
– Quelque chose comme : si quelqu'un a mal à la
main, alors sa main ne le dit pas [...] et on ne récon-
forte pas la main, mais celui qui souffre : on regarde
son visage.
Comment puis-je ressentir de la pitié *pour cet homme* ?

Comment devient-il l'objet de ma pitié? (La pitié,
peut-on dire, est une façon d'être convaincu que quelqu'un d'autre a mal.) » (PI § 286 *sq.*)

Que ce soit ou non le corps qui ressente de la
douleur n'est pas une question empirique ; c'est une
question logique ou conceptuelle. Nous ne disons
pas : « Ce corps ressent de la douleur. » Nous n'ob-
servons pas que ce corps doit avaler une aspirine
et aller chez le docteur ; nous ne conseillons pas à ce
corps de sourire et de prendre son mal en patience.
Nous disons plutôt que ce sont les êtres humains qui
souffrent, pas leur corps ou leur esprit. Et notre
façon de parler cadre avec notre vie, est entrelacée à
notre comportement, à nos actions et réactions. Nous
tendons notre membre blessé, nous réconfortons la
personne qui est blessée et la prenons en pitié. Cette
sorte d'attitude a des racines prélinguistiques : « un
jeu de langage repose *sur elle*, [...] est le prototype
d'une façon de penser et non le résultat de la pensée »
(Z § 541 [140]).

Le raisonnement de Wittgenstein a une portée
directe sur la psychologie neurophysiologique contem-
poraine (et sur le dualisme cerveau/corps), car les
scientifiques sont portés à assigner au cerveau les
fonctions que la tradition cartésienne attribuait à tort
à l'esprit. Par exemple :

« Nous pouvons ainsi considérer la vision tout entière
comme la quête continuelle des réponses aux ques-

tions que pose le cerveau. Les signaux issus de la rétine
constituent des messages exprimant ces réponses. Le
cerveau utilise ensuite ces informations pour édifier
une hypothèse convenable sur ce qui est [15]. »

« Le cerveau acquiert ses connaissances par le biais
d'un processus analogue au raisonnement inductif
conforme à la méthode scientifique classique. Les
neurones présentent des arguments au cerveau fondés
sur des propriétés spécifiques qu'ils détectent, et c'est
à partir d'eux que le cerveau forge ses perceptions
hypothétiques [16]. »

Mais si les prédicats psychologiques n'ont de sens
littéral que s'ils sont attribués à l'animal vivant ou
à l'être humain dans son ensemble, et pas au corps,
alors ils peuvent ne prendre aucun sens si on les
attribue à une partie du corps : à savoir le cerveau.
On voit avec ses yeux, pas avec son esprit ou son
cerveau, et ce n'est pas l'esprit et le cerveau qui
voient, c'est plutôt l'être humain vivant. C'est un
non-sens d'attribuer un mal de dents à l'esprit ou au
cerveau de quelqu'un, car ni l'esprit ni le cerveau
ne peuvent *logiquement* manifester de mal de dents
par un comportement. L'éveil des neurones concur-
remment avec la douleur n'est pas une manifestation
comportementale du fait que le cerveau souffre ; c'est
concomitant au fait que la personne souffre. Et c'est
la personne qui manifeste le comportement de douleur, pas son cerveau. Si c'est un non-sens de dire

« Mon cerveau a mal aux dents », c'est un non-sens caractérisé de prétendre que le cerveau pose des questions et y répond, construit des hypothèses et comprend des raisonnements. Ces prédicats ne prennent un sens que si on les applique à des êtres humains et à des créatures semblables à nous, et ce sur la base d'un comportement linguistique raffiné. Un cerveau ne peut parler, non parce qu'il est muet, mais parce que cela n'a pas de sens de dire « Mon cerveau parle ». Je peux être un moulin à paroles, mais pas mon cerveau. Un cerveau n'utilise pas de langage. Cela n'existe pas. Les cerveaux n'ont pas d'opinions, ne raisonnent pas, ne forment pas d'hypothèses ni de conjectures. Nous, oui. Il est certain que ce n'est pas possible si notre cerveau est détruit, mais alors nous ne pouvons avoir mal aux dents ni marcher – ce qui ne signifie pas que ce soit le cerveau qui ait mal aux dents et se rende chez le dentiste. Si quelqu'un nous demande ce que nous pensons du temps qu'il fait, dirons-nous : « Un moment s'il vous plaît, mon cerveau y réfléchit ; il va me dire ce qu'il en pense, puis je vous répondrai » ?

Les machines pensent-elles ?

Il se pourrait que les raisonnements de Wittgenstein soient réfutés par l'invention des ordinateurs. Car ne disons-nous pas que les machines calculent et ont des mémoires puissantes ? Les spécialistes d'intelligence artificielle disent que leurs machines savent reconnaître et identifier des objets, faire des choix et prendre des décisions, qu'elles savent penser. Des programmes d'échecs peuvent battre des grands maîtres et des ordinateurs réussissent à faire des calculs plus vite que des mathématiciens. Cela ne montre-t-il pas que l'idée selon laquelle ces prédicats ne valent que pour les êtres humains et les créatures qui se comportent comme eux a été remise en cause par les avancées de la science ? Wittgenstein vivait avant l'ère de l'informatique. Pour autant, il a réfléchi à ces problèmes.

> « Est-il possible qu'une machine pense ? [...] Et l'embarras qui s'exprime dans cette question ne tient pas

vraiment à ce que nous ne connaissons pas encore une machine qui fasse ce travail. Cette question n'est pas analogue à celle qu'on aurait pu poser il y a cent ans : "Une machine peut-elle liquéfier un gaz ?" L'embarras tient plutôt à ce que la phrase "une machine pense" (perçoit, souhaite) semble en quelque sorte absurde. C'est comme si nous avions posé la question : "Le nombre 3 a-t-il une couleur ?" » (BB 47 [98].)

Aujourd'hui, ce problème *ne semble pas* dépourvu de sens – tellement nous sommes habitués à la science-fiction et au jargon des informaticiens. Mais c'est justement pourquoi il l'est en fait. Wittgenstein abordait cette question de façon détournée : « Une machine peut-elle penser ? – Peut-elle avoir mal ? – Le corps peut-il être dit machine en ce sens ? Il est sans doute aussi proche que possible d'être une machine de ce type » (PI § 359). Dans les ouvrages de vulgarisation scientifique, on lit souvent que le corps est une « machine biologique », mais même si c'est une machine, on ne dit pas qu'elle souffre – car ce n'est pas mon corps qui a une migraine dans sa tête. C'est *moi* qui ai mal à *ma* tête.

« Mais une machine ne peut sûrement pas penser ! – Est-ce un jugement empirique ? Non. C'est seulement d'un être humain et de ce qui lui ressemble que nous disons qu'il pense. Nous le disons aussi de poupées et sans doute aussi d'esprits. Considérez le mot "penser" comme un outil » (PI § 360).

On peut attribuer une pensée à un sujet en fonction de son comportement au bon moment. Les ordinateurs ne se comportent-ils donc pas comme il faut pour ce faire ? N'ont-ils pas un comportement, ne produisent-ils pas sur leurs écrans les calculs qu'on attend d'eux en réponse aux questions qu'on leur pose ? Lorsque nous attendons qu'apparaisse la réponse, ne disons-nous pas « Il réfléchit » ? En fait, il en va ici comme lorsque nous disons d'une voiture : « Elle a ses humeurs. » Même si un ordinateur était programmé de sorte que les réponses qu'il afficherait aux questions que nous avons tapées sur son clavier ne pouvaient se distinguer de celles qu'un être humain pourrait taper (*cf.* le « test de Turing »), la machine ne se comporterait pas comme un être humain. Répondre à une question exige davantage, mais pas *par addition*, que de faire le bruit qu'il faut ou de générer une inscription. L'apparence que prend une inscription correcte sur l'écran est en fait le produit du comportement du programmateur qui a conçu le programme, pas une forme de comportement humain que manifesterait la machine. Les critères comportementaux utilisés dans la vie de tous les jours pour dire d'un être qu'il pense ne peuvent pas plus être satisfaits par un ordinateur que le nombre 3 ne peut devenir vert de jalousie.

La machine ne *calcule*-t-elle pas ? Pas au sens où nous, nous le faisons. L'ordinateur ne comprend pas les résultats qu'il affiche, ne sait pas ce que signifient

les symboles qu'il donne, car il ne sait ni ne comprend rien. Peu lui importe s'il est relié à un écran qui
affiche des symboles ou à un clavier qui joue des
notes. Ne calcule-t-il pas mécaniquement ? Seulement
au sens dérivé et second selon lequel les machines du
XIXe siècle calculaient. Cependant, au sens où nous,
nous calculons, un être qui sait calculer mécaniquement sait aussi le faire de façon réfléchie. S'il pense,
il peut aussi réfléchir, hésiter, se reprendre (se
reprendre mécaniquement n'est pas possible). Cela a
un sens de dire de lui qu'il est pensif, méditatif ou
pris dans ses pensées. Il doit être capable d'agir sans
réfléchir aussi bien qu'après réflexion, de penser
avant d'agir aussi bien que d'agir avant de penser.
S'il pense, il a des opinions, il est borné, il est crédule
ou incrédule, il a l'esprit ouvert ou il est conformiste,
il a du jugement ou un mauvais jugement, il est hési-
tant, il est indécis ou résolu, il est perspicace et pru-
dent ou imprudent et irréfléchi dans ses jugements.
Cette batterie d'aptitudes et de dispositions doit elle-
même être prise dans un écheveau plus large. Car ces
prédicats doivent eux aussi pouvoir s'appliquer à une
créature qui manifeste ces aptitudes dans ses comportements, ses propos, ses actions et ses réactions dans
toutes les circonstances de la vie. « Tout ce qu'un
homme doit faire pour que nous puissions dire de lui
qu'il *pense* ! » (RPP I § 563.)

Les aptitudes intellectuelles ne sont pas détachables
des aptitudes affectives et conatives, et celles-ci ne

peuvent être isolées des aptitudes perceptives ou de la capacité à avoir du plaisir ou à souffrir. Nous avons inventé les ordinateurs pour nous épargner l'effort de calculer. Ces machines ne sont pas des êtres pensants qui pensent pour nous ; ce sont des procédés qui produisent des résultats de calculs sans *personne* pour calculer ni penser. Ce n'est pas un manque de puissance computationnelle qui empêche d'appliquer *littéralement* des concepts intellectuels aux ordinateurs. C'est plutôt le fait que cela n'a pas de sens d'attribuer de la volonté ou de la passion, du désir ou de la souffrance à une machine. Ce sont des aptitudes propres aux êtres animés, aux êtres qui ont un corps – mais les machines n'ont pas de corps ; aux êtres qui n'ont pas de fin intrinsèque mais adoptent des fins qui leur sont propres – mais les machines ont la fin intrinsèque pour laquelle on les a construites et elles n'ont pas de fins propres ; aux êtres qui, à l'inverse des machines, s'assignent leurs propres buts, ont des préférences, aiment ou n'aiment pas, sont heureux d'atteindre leur but ou tristes d'échouer. Ce sont là des capacités propres aux êtres qui ont un bien en vue, qui peuvent s'épanouir ou se flétrir, qui connaissent le bien-être. Les événements peuvent affecter l'état d'une machine, être bons ou mauvais *pour elle* ; mais ils ne peuvent affecter le bien ou le bien-être de la machine, car elle n'en a pas. Ce qui est inanimé ne peut être bien ni faire bien. Ce qui n'est pas vivant ne connaît pas le bien-être.

Penser est un phénomène de la vie. On en trouve des manifestations infinies dans diverses sortes de comportements tout au long de la vie. Ses formes sont les aspects que prend une forme de vie, une culture. Nous ne devons pas craindre que nos machines nous dépossèdent de la pensée – mais peut-être avoir peur qu'elles ne nous incitent à cesser de penser par nous-mêmes. Ce qui leur manque, ce n'est pas la puissance de calcul, c'est l'animalité. Le désir et la souffrance, l'espoir et la frustration sont les racines de la pensée, pas le calcul mécanique [17].

Notes de l'auteur

1. Je remercie le Dr H.-J. Glock, le Pr O. Hanfling et le Dr J. Hyman pour leurs commentaires sur la première version de ce livre. Le traducteur tient à remercier Claudine Tiercelin pour ses conseils et sa relecture exigeante.

2. C'est-à-dire toutes les théories métaphysiques concernant la structure essentielle de la réalité ou de l'esprit humain.

3. D. Hume, *A Treatise on Human Nature*, L. A. Selby-Bigge éd., 2ᵉ éd. révisée par P. H. Nidditch, Oxford, Clarendon Press, 1978, I, 4, vi, p. 252 ; trad. fr. A. Leroy, *Traité de la nature humaine,* Paris, Aubier, 1983, p. 343.

4. G. Frege, « Thought », *Gottlob Frege : Collected Papers on Mathematics, Logic and Philosophy*, B. McGuinness éd., Blackwell, Oxford, 1984, p. 360 ; trad. fr. C. Imbert, « La Pensée », *Écrits logiques et philosophiques,* Paris, Éd. du Seuil, 1971, p. 180-181.

5. *Ibid.*, p. 360 ; trad. fr. p. 181.

6. *Ibid.,* p. 361 ; trad. fr. p. 182.

7. *Ibid.*, p. 367 ; trad. fr. p. 190.

8. P. F. Strawson, *Individuals*, Londres, Methuen, 1959, p. 97*sq.* ; trad. fr. A. Shalom et P. Drong, *Les Individus*, Paris, Éd. du Seuil, 1973, p. 109 *sq.*

9. W. James, *The Principles of Psychology* (1890), New York, Dover, 1950, vol. 1, p. 185.

10. Thomas Reid, *Essay on the Intellectual Powers of Man*, repr. in *The Works of Thomas Reid, D. D.*, Sir William Hamilton éd., Édimbourg, Machlachlan and Stewart, 1863, vol. 1, p. 442.

11. David Hume, *op. cit.*, I, 4, ii, p. 190 ; trad. fr. p. 278.

12. W. James, *op. cit.*, p. 189 *sq.*

13. La citation « Au commencement était l'action » est de Goethe, dans *Faust*.

14. D. Hume, *op. cit.*, p. 253 ; trad. fr. p. 344.

15. J. Z. Young, *Programs of the Brain*, Oxford, Oxford University Press, 1978, p. 119.

16. C. Blakemore, *Mechanics of the Mind*, Cambridge, Cambridge University Press, 1977, p. 91.

17. Je me suis librement servi dans cet ouvrage de mes écrits antérieurs sur la psychologie philosophique de Wittgenstein. Pour plus de précisions, voir P. M. S. Hacker, *Wittgenstein* : *Meaning and Mind, Volume 3 of an Analytic Commentary on the Philosophical Investigations, Part I – The Essays*, Oxford, Blackwell, 1993.

Abréviations utilisées
pour les œuvres de Wittgenstein

BB   *The Blue and Brown Books*, Oxford, Black-well, 1958 ; trad. fr. M. Goldberg et J. Sackur, *Le Cahier bleu et le Cahier brun*, Paris, Galli-mard, 1996.

BT   « The Big Typescript », extraits publiés dans *Ludwig Wittgenstein : Philosophical Occa-sions,* 1912-1951, J. Klagge et A. Nordmann éd., Indianapolis et Cambridge, Hackett, 1993, p. 161-199 ; trad. fr. partielle Jean-Pierre Cometti, *Philosophica I*, L. Wittgenstein, *Phi-losophie* (TS 213, § 86-93), *G. E. Moore, Les Cours de Wittgenstein*, 1930-1932, Mauvezin, TER, 1997.

CV   *Culture and Value*, G. H. von Wright éd. avec la coll. de H. Nyman, trad. angl. P. Winch, Oxford, Blackwell, 1980.

LPE   « Notes for Lectures on "Private Experience" and "Sense-Data" », R. Rhees éd., repris dans Klagge et Nordmann éd., *op. cit.*, p. 202-288 ; trad. fr. E. Rigal, *Philosophica II*, *Notes sur l'expérience privée et les sense-data*, Mauvezin, TER, 1999, p. 5-113.

LSD   « The Language of Sense-Data and Private Experience », notes de R. Rhees, repris dans Klagge et Nordmann éd., *op. cit.*, p. 290-367 ; trad. fr. E. Rigal, *Philosophica II, Le langage des sense-data et de l'expérience privée*, Mauvezin, TER, 1999, p. 117-225.

LW I   *Last Writings on the Philosophy of Psychology*, vol. 1, G. H. von Wright et H. Nyman éd., trad. angl. C. G. Luckhardt et M. A. E. Aue, Oxford, Blackwell, 1982.

MS 165   manuscrit non publié n° 165.

PI   *Philosophical Investigations*, G. E. M. Anscombe et R. Rhees éd., trad. angl. G. E. M. Anscombe, 2e éd., Oxford, Blackwell, 1958 ; les références à la première partie apparaissent par numéro de section (§), à la deuxième partie par numéro de page.

PR   *Philosophical Remarks*, R. Rhees éd., trad. angl. R. Hargreaves et R. White, Oxford, Blackwell, 1975 ; trad. fr. J. Fauve, *Remarques philosophiques*, Paris, Gallimard, 1975, coll. « Tel ».

RPP I   *Remarks on the Philosophy of Psychology*, vol. 1, G. E. M. Anscombe et G. H. Wright éd., trad. angl. G. E. M. Anscombe, Oxford, Blackwell, 1980.

RPP II   *Remarks on the Philosophy of Psychology*, vol. 2, G. E. M. Anscombe et G. H. Wright éd., trad. angl. G. E. M. Anscombe, Oxford, Blackwell, 1980.

Z   *Zettel*, G. E. M. Anscombe et G. H. von Wright
           éd., trad. angl. G. E. M. Anscombe, Oxford,
           Blackwell, 1967; trad. fr. J. Fauve, *Fiches*,
           Paris, Gallimard, 1970.

Dans le texte, les références entre crochets renvoient
aux traductions françaises mentionnées.

Table

Introduction   5

La philosophie selon Wittgenstein   11

L'esprit, le corps et le comportement :
la puissance d'une illusion philosophique   23

L'expérience privée   33

L'intimité épistémique   39

Descriptions et expressions   50

Le dedans et le dehors : la connaissance d'autrui. .   62

Esprits, corps et comportement   70

Les machines pensent-elles ?   80

Notes de l'auteur   87

Abréviations utilisées pour les œuvres
de Wittgenstein   89

DANS LA MÊME SÉRIE

DÉJÀ PARUS

Descartes
John Cottingham

Hegel
Raymond Plant

Hume
Anthony Quinton

Kant
Ralph Walker

Locke
Michael Ayers

Marx
Terry Eagleton

Nietzsche
Ronald Hayman

Platon
Bernard Williams

Socrate
Anthony Gottlieb

Spinoza
Roger Scruton

Voltaire
John Gray

RÉALISATION : PAO ÉDITIONS DU SEUIL
IMPRESSION : NORMANDIE ROTO IMPRESSION S.A. À LONRAI
DÉPÔT LÉGAL : OCTOBRE 2000. N° 37456 (00-1875)